KB078746

야옹이랑 사는 건 너무 슬퍼

야옹이랑 사는 건 너무 슬퍼

최은광 지음

좋은땅

빤이에게

이 도서는 한국문화예술위원회의
2022년도 청년예술가생애첫지원 사업을 지원받아 제작되었습니다.

1
시간은 강물처럼 흐르고

2
즐거운 냥자매

3

삶의 회전목마

4

막둥이는 꽃단장을 하고

1.
시간은
강물처럼
흐르고

(1) 고시촌 아깽이

　빤이를 데려오던 무렵, 나는 작은 보습학원에서 아이들을 가르치고 있었다. 매화동이라는 퍽 낭만적인 이름의 동네였다. 미림고개를 타고 올라가 고속도로를 두 번 옮겨 가면 논밭 사이로 조그맣게 자리 잡은 매화동이 나타났다. 당시 나는 늘 지쳐 있었지만, 금색의 구형 마티즈를 이끌고 매화마을길로 들어서면 눈앞에 펼쳐지는 형형색색의 계절이 잠시나마 온몸을 따뜻하게 휘감곤 했다.

　집에서 출발해 미림고개로 접근하자면 도림천을 끼고 유턴을 해야 했는데, 길눈이 어두운 나는 종종 유턴 지점을 놓쳐서 한 블록씩 건너뛰곤 했다. 그렇게 돌아 나오면 가장 먼저 눈에 잡히던 것이 서울 S 동물병원이었다. 서울대 마크가 큼직하게 붙어 있고, 아마도 원장님 것일 법한 소형차가 늘 같은 곳에 주차되어 있었다.

　그때 종이에 적혀 있던 문구가 "길고양이 입양"이었는지 "고양이 데려가실 분"이었는지 아니면 "아기 고양이 많음"이었는지 잘 기억이 나지 않는다. 그것을 보고 내가 반응한 것도 희한한 일이었다. 반려묘를 들여야겠다고 오랫동안 생각해 온 것도 아니었고, 반려의 대상으로 고양이를 생각한 것은 더더욱 아니었기 때문이다. 그런 것을 생각하기에 나는 너무 바빴고, 다섯 평 자취방은 혼자 살기에도 턱없이 좁았다. 무척 외로웠기 때문이 아니었을까 짐작만 할 따름이다.

원장님은 깡말랐지만 키 크고 준수한 신사였다. 어깨에 버버리 코트를 얹어놓으면 잘 어울릴 것 같았다. 그 태도가 너무나 조용하고 우아했던지라 저 멀리서 아깽이들이 아무렇게나 질러대는 울음소리와 사뭇 대조되었다. 원장님이 내려놓은 큼지막한 철창 사이로 아기 고양이들의 눈동자가 한꺼번에 쏟아졌다. 지금 생각해 보면 기껏해야 대여섯 마리 정도였는데, 당시 내 느낌에는 적어도 몇십 마리가 우글거리는 것 같았다. 고양이의 눈빛 공격을 난생처음 당하는 나는 거의 기절해 버릴 지경이었다.

버려지거나 어미를 잃은 아이들이라는 설명과 함께 "데려가는 사람이 없으면 이 아이들은 곧 안락사하게 된다"는 선언이 날아들어와 나는 급히 각성했다. 그 말을 하는 원장님의 표정은 슬플 정도로 담담했다. 맡은바 직분 때문에 때로는 원치 않는 일도 저지르는 수밖에 없지만 그럼에도 불구하고 자신의 직업에 강한 사명감을 느끼는 사람의 얼굴이었다. 동물을 사랑하는 이가 수의사라는 직업을 갖는 것은 참 고약한 일이라고, 나는 요즘도 생각한다.

한참을 결정하지 못하던 내가 다시 들르겠다며 몸을 돌리려 할 때, 한 아이의 눈이 나와 똑바로 마주쳤다. 삼색의 흰둥이였다. 녀석은 조그만 몸을 일으켜 세워 철창을 부여잡고 있었다. 날 데려가야지 무얼 하고 있느냐는 듯 단말마로 호통을 질렀다. 빤이가 나를 간택하던 순간이었다.

녀석은 주먹 하나보다 약간 컸다. 태어난 지 두 주쯤 되었을 것이라는 설명이었다. 나는 이 작디작은 생명체를 어떻게 다루어야 좋을지 몰라서 조수석에 박스째 내려놓은 채로 운전대를 잡았다. 녀석은 처음 보는 광경이 궁금했는지 예의 일어선 자세로 두리번거렸다. 내가 녀석을 볼 때마다 녀석도 나를 빤히 쳐다보았기 때문에, 나는 즉석에서 녀석의 이름을 빤이로 결정했다.

빤이가 나를 반려인으로 인정하기까지 사흘 정도가 걸렸다. 오랜만에 학원 일이 없는 날이었고, 나는 밀린 과제를 완성하기 위해 책상 앞에 앉아 키보드를 두드리고 있었다. 기지개를 켜며 몸을 젖히자 거짓말처럼 빤이가 무릎으로 뛰어올라왔다. 빤이는 무심한 표정으로 내 무릎 위를 한 바퀴 돌며 자리를 잡더니 곧 고롱거리며 잠에 빠져들었다. 그것이 빤이가 마음을 여는 방식이었다. 내 방은 에프엠에서 틀어 준 케틀비^{Albert W. Ketelbey}의 〈수도사의 정원^{In a Monastery Garden}〉으로 가득 차 있었다.

그 사흘 동안 빤이는 좁은 방을 완전히 엉망으로 만들어 놓고 있었다. 숨을 곳이 없었던 빤이는 하필이면 옷장 뒤로 기어들어가서 설사를 뿌려대었다. 철창 시절에 묻혀 온 빤이의 몸 냄새와 뒤섞여 집 안에서는 지독한 악취가 풍겼다. 학원에서 녹초가 되어 돌아온 나는 힘이 남아돈다는 마냥 옷장을 끌어내어 뒤처리를 해야만 했다. 원장님은 "건강이 부실한 아이를 데려가서 고생이 많으시다"며 웃었고, 나는 도망치는 빤이를 쫓아다니며 약을 먹였다.

빤이는 곧 설사를 멈추었지만 밥을 통 먹으려 들지 않았다. 원장님이 처방해 준 A/D 캔을 조금씩 먹었다. 이때는 도무지 영문을 몰랐지만, 이후 다른 아이들을 더 만나게 되면서 소위 '자묘 우울증'(정식 수의학 용어는 아니다)을 빤이도 앓았던 것이 아닐까 생각하게 되었다. 고양이는 아주 예민한 동물이다. 엄마와 형제들이랑 헤어지고, 완전히 낯선 장소에서 완전히 낯선 생명체와 새로운 삶을 시작한다는 것은 정말로 고통스러운 일일 것이다. 동물이기 때문에 오히려 그런 감각에 더욱 민감한 것이 아닐까.

첫 스킨십 이후로 빤이는 완전히 아빠 껌딱지가 되었다. 기껏해야 두세 걸음 정도 옮길 수 있는 방이었지만, 내가 어디로 가든 옆에 붙어 있으려 들었다. 나는 침대에 누웠을 때 팔꿈치로 파고 들어오는 빤이의 보드라운 감촉과 복숭아 향 비슷한 털 내음이 좋았다. 손으로 머리며 배를 만져 주면 빤이는 만족스럽다는 듯 그대로 잠들어 버리곤 했다.

빤이가 세상을 떠난 뒤에 나는 병원을 다시 찾았다. 고시촌 생활을 청산하고도 오 년 남짓 더 지난 이후의 일이었다. 진료대 한쪽에 두꺼운 아이엘츠^{IELTS} 책을 늘 펼쳐놓고 있던 원장님은 호주로 이민을 가 버리고 그 친구가 병원을 대신 운영하고 있었다. "요즘도 길냥이들 구조하시느냐"고 묻자 새 원장님은 고개를 내저었다. "아유, 그런 번거로운 일을 어떻게 해요."라고 말하는 듯한 얼굴이었다. 문을 열고 병원을 빠져나오려니 적잖이 쓸쓸했다. 그렇게 모든 것이 강물처럼 흘러가 버리는 것이라고 생각하는 수밖에 달리 도리가 없었다.

(2) 거친 밥과
　　　수돗물

　　이십 대의 나는 늘 돈에 쫓기고 있었다. 코딱지만 한 고시원에서 살기 시작한 지 사 년 만에 어찌어찌 녹두거리의 원룸으로 옮기기는 했지만, 집은 여전히 좁았고 밥을 먹여주는 사람도 없었다. 간신히 모았던 돈을 보증금으로 털어 넣고 나자 나는 다시 무일푼이 되었다. 교수들이 그런 사정을 보아줄 리가 만무했다. 나는 날 밝을 때 수업을 듣고 어두워질 때까지 밥벌이를 한 다음 동이 틀 때까지 쏟아지는 과제를 해치웠다. 고단한 생활이었다.

　　가난한 아빠를 만난 탓에 빤이도 여러모로 불편했을 것이다. 처제는 빤이의 어린 시절이 한국인의 50년대와도 같았다고 종종 표현하곤 하는데, 아마도 그 말을 할 때 처제는 『몽실 언니』의 몽실이나 『난쏘공』의 난쟁이네 따위를 염두에 두고 있을 것이다. 나는 50년대를 살아가던 부모들 가운데서도 무척이나 무감각한 아빠였다. 엄마를 만난 뒤에는 모든 것이 좋아졌다.

나는 지금도 녹두 원룸의 빤이를 떠올리면 미안하고 슬퍼서 한참을 울곤 한다. 어둡고 비좁은 방 안에서, 빤이는 내가 돌아올 때까지 온종일 갇혀 있어야 했다. 고양이의 일반적인 습성을 생각하면 빤이는 대부분의 시간을 자면서 보냈을 것 같다. 그도 그럴 것이 녹두 시절의 빤이는 밥이나 물도 거의 입에 대지 않는 편이었기 때문이다. 그러나 내 상상 속에서 어린 빤이는 조금 잠들었다 일어나 이내 아빠를 찾고, 장난감을 건드려 보다가 오지 않는 아빠를 그리워하며 하염없이 기다리는 것으로 그려져 있는 것이다.

빤이는 내 발소리를 귀신처럼 알아채고 돌아오는 나를 반겼다. 우리가 살던 309호실에는 부엌과 방을 가르는 중문이 있었고, 그 뒤에서 나를 부르는 빤이의 목소리가 굳게 닫힌 현관문 밖으로도 똑똑히 들려왔다. 현관에 열쇠를 꽂아 넣으면 빤이는 중문을 마구 긁어대었고, 그러면 내 마음도 덩달아 다급해지곤 했다.

내가 없는 동안 빤이가 좋은 밥을 먹고 이런저런 장난감으로 놀면서 혼자나마 풍요롭게 살았다면 지금 내 마음이 조금은 가벼웠을지도 모르겠다. 처제가 50년대라 표현한 것은 그만큼 빤이의 후생이 엉망이었기 때문이다. 빤이는 마트에서 아무렇게나 고른 대만산 건사료를 먹었고, 이후 오랫동안 저가 사료를 먹었다. 나중에 내가 고액 과외를 시작하여 조금 사정이 나아지면서 빤이의 밥은 국산으로 바뀌었지만, 여전히 반 등급 정도 올라간 싸구려였다. 내가 학생회관 지하에서 천칠

백 원짜리 B 세트로 끼니를 해결하는 동안 빤이는 어두컴컴한 방에서 싸구려 사료로 주린 배를 채운 것이다.

린드그렌^{Astrid Lindgren}의 『라스무스와 방랑자』에는 고양이가 꽁치와 감자를 좋아하는 것으로 묘사되어 있다. 고양이에 대해 아무것도 모르던 어린 시절부터 이 장면은 특별히 내 마음속에 각인되어 있었다. 고양이 삽화가 무척 귀엽게 그려져 있었기 때문이었으리라 생각한다. 꽁치를 만지는 것이 부담스러웠던 나는 대신 마른 멸치를 푹 삶아서 빤이 밥그릇에 올려주곤 했는데, 빤이는 고맙게도 이 별식답지 않은 별식을 아주 맛있게 먹어 주었다.

고양이는 염분에 취약하기 때문에 사람이 먹는 밥을 고양이에게 주는 일은 금기시되어 있다. 그러나 나는 매일 밥과 김치만 먹는 빤이가 가여워서, 편의점에서 사 온 도시락을 조금씩 나누어 주곤 했다. 빤이는 밀가루 향이 좋았는지 식빵을 뜯어 주면 맛나게 먹었고, 또 치킨 살점을 발라서 주면 그렇게 좋아할 수가 없었다. 다른 음식에는 빤이도 별다른 반응을 보이지 않았기 때문에, 나는 종종 식빵과 치킨을 사서 빤이와 함께 만찬을 즐기곤 했다.

이름도 기억나지 않는 마트표 통조림을 어쩌다 한 번씩 따서 주기라도 하면 빤이는 첩첩 소리를 내며 허겁지겁 집어삼켰다. 어릴 때는 한 캔을 앉은자리에서 다 먹어 치우다가 두세 살쯤 되던 무렵부터는 절반 정도를 남기곤 했는데, 아마도 나이가 들면서 먹는 양이 줄어든

탓이었으리라. 그러나 나는 빤이가 같은 종류의 캔에 질려 버린 것이라고 믿었기 때문에, 다른 양질의 간식을 구해 주지 않았던 것을 오랫동안 자책하였다.

아내와 결혼한 이후로 우리 집의 고양이 복지는 매우 훌륭해지게되었는데, 이후로 빤이는 멸치와 식빵 따위는 거들떠보지도 않는 녀석이 되었다. 애초에 삶은 멸치를 뼈째 집어삼키던 빤이는 아내가 돌보아주기 시작한 뒤로 머리와 내장을 발라내기 시작하더니 나중에는 멸치를 주어도 입에 대지 않았다. 대신 빤이는 아내가 어딘가에서 구해온 고급 게살포를 먹기 시작했다. 멸치를 내버리는 빤이를 보고 아내와 처제는 기뻐하였다.

그러나 빠이의 좋은 시절은 그리 오래 이어지지 못했다. 곧 신부전을 앓게 되었기 때문이다. 이후로 빠이의 건강은 조금씩 나빠져서 먹을 수 있는 음식도 차츰 줄어들게 되었다.

어쩌면 빠이가 그리 많지 않은 나이에 신장이 아프게 된 것도 녹두시절 질 낮은 밥과 물을 오래도록 먹었기 때문이 아니었을까 생각한다. 특히 물에 대해서 나는 오래도록 무지한 상태였다. 당시 나는 스스로도 아무렇지 않게 수돗물을 컵에 받아서 마시곤 했기 때문에 빠이에게도 무심히 수돗물을 떠다 주었던 것이다. 막 떠다 준 물을 먹지 않고 한참 뒤에 조금씩 할짝이는 광경을 보고서야 비로소 염소 냄새가 싫은 것이 아닐까 생각하게 되었고, 그제야 정수기 물을 받아주기 시작했지만 이미 빠이가 선인장처럼 메말라 버린 이후였다.

나는 지금도 가끔씩 빠이 꿈을 꾸곤 한다. 그 장면은 항상 내가 어딘가로 여행을 갔다가 돌아오는 것으로 시작한다. 방으로 들어온 나는 빠이의 밥부터 살피는데 밥그릇과 물그릇은 늘 깨끗하게 비어 있다. 나는 그제서야 빠이를 찾지만 빠이는 어디에도 없는 것이다. 갈증을 느끼는 나 자신이 야속할 따름이다.

(3) 응급실로
    달려가다

　빤이는 기본적으로 착한 품성을 지닌 아이였다. 낯선 사람을 보더라도 사납게 굴지 않았다. 그렇다고 겁이 많은 것도 아니어서, 딱히 달아나려고 하지도 않았다. 그저 책상 위에 엎드려서 멀뚱히 쳐다만 보고 있을 뿐이었다. 자기 영역에 들어온 이에게 특별히 호기심도 없고 불쾌한 기색도 없이, 그저 빨리 나가 주었으면 좋겠다는 듯 꼬리를 휘휘 내젓고 있었다.

　그런 빤이도 어쩌다 난폭해지는 경우가 있었다. 보통은 병원에 갔을 때 한 번씩 난리가 났다. 이럴 때의 빤이는 시쳇말로 눈에 보이는 것이 없게 되는 모양이었다. 아빠고 의료진이고 가릴 것 없이 닥치는 대로 물어뜯었다. 빤이에게 가까스로 혈관 카데터를 삽입한 간호사는 숨을 몰아쉬며 입원실 문에 "Very Aggressive"(매우 사나움)라 적어 넣었다.

　평소 얌전하던 빤이가 병원에만 가면 맹수가 되어 버리는 것을 가만히 되짚어 보자면 지각과민증후군^{FHS, Feline Hyperesthesia Syndrome} 같은 것이 아니었을까 생각된다. 아주 어렸던 시절 자칫하면 병원에서 안락사를 당했을지도 모를 자신의 운명에 대한 일종의 공포심 같은 것이 어딘가 내재해 있다가 병원에 갈 때마다 이미지화되어 떠올랐던 것이 아닐까. 물론 다른 까닭이 있었는지도 모른다. 진짜 이유는 알 수 없다. 빤이 스스로도 몰랐을 것이다.

한편으로 빤이는 이상하리만치 가죽 허리띠를 무서워했다. 집에 돌아온 내가 허리띠를 풀기만 하면 눈이 둥그레져서 쳐다보다가, 혹여 그것이 허공에 휘둘리기라도 할라치면 부리나케 침대 아래로 숨어 버리는 것이었다. 다른 아이들은 허리띠를 보아도 별다른 반응이 없는 데다가, 뽕이는 오히려 그 가죽 냄새를 좋아해서 군침을 흘리곤 하는 것을 보면 빤이 사례가 일반적이지는 않은 것 같다. 물론 뽕이 녀석도 노멀한 경우는 아닌 것 같지만.

이런 장면을 보고 있노라면 나와 만나기 전의 빤이가 병원이나 허리띠에 대해 좋지 않은 경험을 한 것이 아닌지 강한 의심을 품게 되는 것이었다. 그렇지만 빤이는 말을 할 수 없으니 물어볼 수도 없는 노릇이었다. 그저 어디에 있을지 모를 빤이의 공포심을 자극하지 않도록 최대한 조심하는 수밖에 없었다.

그렇지만 결국에는 나도 빤이를 잘못 건드려서 응급실로 달려간 적이 두 번 있었다. "응급실 신세를 졌다"고 그렇게 말로 내뱉으니 대단히 큰일이 난 것처럼 보이지만, 사실은 두 번 모두 금요일 저녁 늦게 일어난 일이라 어쩔 수 없이 "영업 중인" 응급실로 가야만 했던 것이다. 둘 다 빤이의 엄니에 손을 깊이 찔린 것으로, 평소의 빤이라면 상상할 수 없는 상처였다.

첫 사건은 빤이를 데려온 직후에 일어났다. 빤이의 발톱을 깎는 것이 서툴렀던 나는 인터넷 쇼핑몰을 뒤져서 꽤나 값나가는 발톱깎이를 하나 샀는데 그것이 화근이었다. 멍청하게도 대형견용을 사들인 것이다. 사실은 병원에서 천 원을 주고서 받아 온 발톱 가위를 그냥 쓰면 되었지만, 무지했던 나는 그저 도구 탓만을 하고 있었다.

대형견용 발톱깎이는 지나치게 커서 그 자체만으로도 빤이가 겁을 먹기에 충분했다. 심지어 이 거대한 도구의 한쪽 끝에는 전동으로 움직이는 사포가 있어서 깎은 발톱을 다듬을 수 있게 되어 있었는데, 나는 도구를 충실히 사용해 보겠답시고 빤이의 눈앞에 그놈의 사포를 들이밀었던 것이다. 빤이는 한참을 참았지만 결국 내 손을 물고 달아났다. 고양이가 전동음을 무서워한다는 사실을 배우기 위해서 나는 비싼 수업료를 지불했던 셈이다.

어찌나 세게 물었던지 엄지손톱이 깨져서 이빨 크기의 웅덩이가 생겼다. 나는 피가 철철 솟아나는 오른손을 부여잡고 보라매병원으로 가서 파상풍 주사를 두 대 맞았다. 느긋한 태도로 앞발을 핥고 있는 빤이를 보고 있자니 희비가 교차했다. 우리는 둘 다 겁을 잔뜩 먹어서 이후

발톱을 깎으려 할 때마다 전쟁을 치러야 했다. 나는 자포자기하는 심정으로 빤이의 발을 방치해 버려서, 결국 살을 파고 들어간 발톱을 힘겹게 뽑아내야 했던 적도 있었다.

약 십 년 후, 빤이가 시한부의 신부전 선고를 받으면서 나는 다시 무력해졌다. 우리 부부에게 앵이와 뿡이를 안겨 주었던 수의사 안홍재 선생은 평소 고양이의 약한 신장에 대해 여러 차례 주의를 주곤 했는데, 보람도 없이 빤이가 덜컥 신부전에 걸리고 만 것이다. 나와 동년배인 그의 비난하는 듯한 눈초리 앞에서 나는 아무 말도 할 수가 없었다. 안 선생의 시범에 따라 빤이의 등을 허둥지둥 부여잡다 이내 빤이에게 손을 물리고 말았다.

안 선생이 건네준 알코올 솜을 고통스럽게 움켜쥐고 있으려니 십 년 전 밤의 일이 눈앞에 어른거렸다. 나는 과연 빤이에게 최소한의 도리는 하는 아빠였던가? 이런 식으로 살아오느니 차라리 아무것도 모르던 어린 시절에 일찌감치 별이 되는 편이 나았을지도 모른다. 여기까지 생각이 미치자 나는 죄책감에 눈물조차 흘릴 수가 없었다.

나는 사는 것이 힘들다는 이유로 오래도록 부모님을 원망해 왔다. 물론 부모님은 주어진 환경에서 최선을 다해 나를 보살폈다. 그 이상의 노력을 할 수 없었다는 것을 나도 잘 안다. 그러나 "나는 할 만큼 했다"는 부모의 주장은 아이의 고통스러운 삶을 조금도 위로해 줄 수 없다. 그것은 아이가 한 인간으로 성장하면서 숙명처럼 받아들이며 삭여야 하는 굴레와도 같은 것이라 생각한다. 반면 언어도 생각도 인간만큼 성숙할 수 없는 고양이에게 그런 것을 요구할 수는 없는 것이다.

고양이는 말을 할 수가 없다. 고양이를 삶 속에 받아들이기로 한 이상, 말을 못 한다는 이유로 그들의 눈빛을 무시할 것이 아니라 그들 삶의 방식을 올바로 이해하려 노력해야 하는 것이 아닐까. "내가 아니었다면 길거리에서 죽었을 운명"이라는 주장은 반려묘의 삶에 아무런 위로도 되지 못할 것이다. 그들은 나와 만나느니 길바닥에서 굴러다니는 편이 더 행복했을지도 모르기 때문이다. 어쩌면 나의 응급실 여정은 이 단순한 사실조차 깨닫지 못한 무지의 소치였는지도 모른다.

(4) 엄마가 생겼어요

빤이가 네 살이 되던 해 아내를 만났다. 고양이와 함께 생활한다는 것에 대해 한 번도 생각해 본 적이 없었던 아내는 기대 반 걱정 반으로 빤이와 인사를 나누었다. 아내와 내가 운명적인 인연으로 이어져 있어서 빤이도 그것을 알아보고 아내에게 특별히 곰살맞게 굴었다고 말했으면 좋겠으나, 예외는 없었다. 빤이는 언제나처럼 심드렁하게 아내를 맞았다. 나중에는 둘도 없는 친구가 되었지만, 빤이가 아내를 엄마로 받아들이기까지는 조금 시간이 걸렸다.

아내는 서울대입구역 인근의 오피스텔에서 처제와 함께 살고 있었는데, 언젠가부터 알 수 없는 녀석이 자꾸만 "벨튀"를 하고 있었다. 젊은 여자만 둘 사는 집에서 아주 고약한 일이었다. 걱정되신 예비 장모님이 내게 도움을 요청하셨다. 덕택에 나는 결혼도 하기 전부터 일찌감치 아내와 함께 생활하는 호사를 누리게 되었고, 처제와도 각별한 사이가 되었다. 모두에게 흡족한 일이었다.

아내에게 급히 몸을 옮기는 바람에 빤이를 며칠간 혼자 둘 수밖에 없었다. 처제가 동물 털 알러지를 앓고 있다는 사실을 알았기 때문에 섣불리 빤이를 데려올 수 없었던 것이다. 아내와 처제는 아직도 이 일이 자기 탓이라며 서로 자책하곤 하는데, 어쩔 수 없는 일이었다고 생각한다.

박사과정을 정신없이 보내던 중에 나는 아내에게 빤이의 밥을 챙겨 달라고 한 번 부탁하였다. 빤이에게 다녀온 아내가 빤이를 데려와야 한다고 강력하게 주장한 덕분에 빤이도 녹두거리에서 서울대입구역으로 이사해 올 수 있었다. 나중에 들은 이야기지만 빤이는 혼자서 두려움에 떨고 있었고, 밥그릇 주위에는 벌레가 기어 다니고 있었다고 한다. 아내가 밥을 챙기는 동안 빤이의 꼬리는 한참이나 부풀어 있었다. 다 내 잘못이다.

밖으로 나가는 것이 무서운 빤이는 도무지 이동장에 들어가지 않으려 했다. 나는 거의 종일토록 빤이를 설득한 끝에 겨우 빤이의 허락을 받아낼 수 있었다. 빤이는 집을 옮기고서도 며칠 동안 적응을 하지 못해 화장실에서 잠을 청하는 등 우리를 걱정시켰지만, 곧 새로운 공간과 구성원에 익숙해졌다. 나는 아내가 입주 선물로 준 열 개의 공간박스를 탑처럼 쌓아서 빤이가 캣타워로 쓸 수 있도록 만들어 주었다.

데면데면하게 굴던 빤이가 아내에게 손을 내민 것은 신혼여행을 다녀온 직후였다. 우리가 몰디브의 석양에 취해 있는 동안 처제가 빤이를 보살폈는데, 당시에는 처제도 출퇴근 생활을 하느라 온전히 빤이에게만 신경을 쏟기는 어려웠던 모양이다. 그리고 어쩐지 처제는 우리 집 고양이들에게 "아랫것"으로 낙인찍히는 경향이 있어서, 빤이 나름대로는 보살핌을 받지 못하고 있다고 느꼈을지도 모른다. 처제가 왜 그런 처지가 되어 버렸는지는 여전히 미스터리다. 처제 역시 고양이들을 끔찍이 아끼고 사랑하기 때문이다. 고양이들이 행여 다치기라도 할까 봐 안절부절못하는 기운이 전해진 것인지도 모르겠다. 아무튼 빤이는 처제를 대체로 무시하곤 했다.

여행에서 돌아온 내가 일찌감치 잠들어 있는 동안 아내는 거실에서 홀로 텔레비전을 보고 있었다. 그러자 빤이가 어둠 속에서 종종종 다가와 무릎 위로 뛰어올랐다. 아내는 어떻게 해야 좋을지 몰라 그저 빤이를 만져 주기만 하였는데, 그럼에도 무척이나 기쁘고 감격스러운 순간이었다고 한다. 나중에야 아내는 그것이 빤이가 마음을 여는 방식이었던 것을 알고는 슬퍼했다. 아내는 그 뒤로도 한참 동안이나 빤이가 자신을 좋아하지 않는다고 믿었던 것이다. 나도 아내도 고양이는 빤이가 처음이라 조금도 능숙하질 못했다.

빤이의 마음을 오해한 탓에, 아내는 빤이를 성가시게 하지 않는 것이 녀석을 위하는 일이라고 혼자 착각해 버리고 말았다. 내가 장인어른을 모시고 스페인으로 떠나 있었던 일주일 동안 빤이는 거의 방치되어 있었다, 라는 것이 아내의 일관된 주장인데, 사실 나는 아내가 빤이를 그렇게 버려 두었을 것이라고 생각하지 않는다. 아마 녹두 시절의 빤이가 내 기억 속에 불우하게 남아 있는 것처럼, 아내의 그 기억도 어딘가 실제보다 더욱 불우한 방식으로 왜곡되었을 공산이 크다. 그러나 내가 그렇게 말하는 것이 아내를 위로할 수 있을지 없을지 알 길이 없어서, 나는 그냥 입을 다물어 버리고 말았다.

빤이에게 시한부 선고가 내려지던 날, 아내는 마포에서 자양동으로 이동하는 한 시간 내내 눈물을 훔치고 있었다. 그 이후 빤이가 세상을 떠나는 날까지 아내는 정말 지극정성으로 빤이를 보살폈다. 내가 아빠라는 사실이 무색할 정도였다. 아내는 밥을 먹지 못하는 빤이를 위해 밤이 새도록 인터넷을 뒤져 세계 곳곳의 야옹이 밥을 공수해 왔다. 그리고 빤이가 한입이라도 삼키면 뛸 듯이 기뻐했다.

여전히 아빠 껌딱지이기는 했지만, 빤이는 눈에 띄게 아내를 좋아하게 되었고 아내를 향한 울음소리도 미묘하게 변화했다. 빤이가 나를 부를 때는 "아빠!" 소리가 난다. 반면 아내에게는 한동안 "야!" 내지 "저기" 따위로 부르다가 언젠가부터 "엄마!"로 부르기 시작한 것이다. 집사를 이렇게 부르는 고양이의 울음소리는 캐러멜처럼 달콤하고 들풀처럼 부드럽다. 집사가 기뻐서 눈을 맞추려 들면 고양이는 이내 모른 척 딴짓을 한다. 그 잔망스러움에 고양이 부모는 미소를 짓지 않을 도리가 없는 것이다.

아내와 내가 침실에 나란히 누워 있으면 빤이는 아기처럼 그 사이로 비집고 들어와 이부자리 한쪽을 차지하곤 했다. 아내를 밟고 오는 것이 재미있는 모양이었다. 굳이 그럴 필요가 없는데도 일부러 아내 등 뒤로 돌아가서 옆구리를 꾹꾹 밟으며 넘어오는 것이다. 빤이가 한창 살이 올라 있었을 때는 체중이 5킬로그램에 육박했다. 같은 무게의 아령을 옆구리에 굴린다고 생각하면 다소 무시무시하다. 그러나 아내는 즐거운 비명을 지를 뿐이어서, 빤이는 쭉 아내를 타고 넘어 다녔다.

신부전이 진행되면서 침대 위로 뛸 수가 없게 되자, 빤이는 대신 아내의 사무용 의자를 차지하였다. 식사와 용변 시간을 제외하고는 줄곧 의자 위에서 달팽이처럼 웅크리고 있었다. 아내는 한동안 등받이 없는 화장대 스툴을 끌고 와서 일을 하다가, 어느 날 문득 빤이 점유의 의자를 "빤이 의자"로 선언하고는 새 의자를 하나 더 사들였다. 이때부터 아내의 책상 앞에는 아내 의자와 빤이 의자가 나란히 자리 잡게 되었다. 아내와 빤이가 서로를 곁에 둔 모습은 흡사 고양이 두 마리가 앉아 있는 꼴과도 같아서 나는 아내 몰래 숨죽여 웃었다.

빤이가 떠난 뒤에 나는 빤이 의자를 처분하려고 몇 번이나 시도했으나 아내의 반대로 번번이 무산되었다. 그렇다고 그 의자를 언제까지나 서재에 둘 수는 없어서 옷장이 있는 끝방으로 옮겨 두었다. 의자를 보고 자연스레 빤이를 떠올리게 되는 동안에는 빤이 의자를 어떻게 할 수 없을 것 같다. 요즘은 자두가 그 의자에 앉아 바깥 풍경을 구경한다. 아내는 자두가 빤이의 환생이라 믿고 있다.

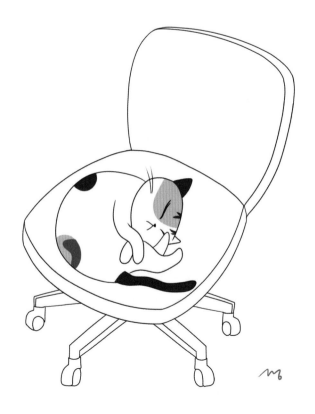

(5) 두 번째 이사

　유학을 준비하던 기간 중에는 많은 사람들이 빤이를 어떻게 할 것인지 궁금해했다. 나는 당연하다는 듯이 "데려가야죠."라고 대답했고 그것은 진심이었으나, 사실은 어찌하면 좋을지 나로서도 뾰족한 계획이 없었다. 말로 내뱉는 것만큼 그리 간단하지 않다는 것을 누구보다 잘 알고 있었다. 이동장에 들어가는 것조차 겁내는 빤이를 무슨 수로 태평양 너머까지 데려간다는 말인가? 한나절이나 떠 있는 비행기에서 식사와 용변은 어떻게 할 것인지, 아니 그에 앞서 객실 칸에 나와 함께 탑승할 수는 있을까?

　유학을 포기하면서 이런 문제는 자연스럽게 해소되었다. 우울증은 날이 갈수록 악화하여 성과라고 할 만한 결과물을 생산해낼 수가 없었다. 지원서를 접수할 무렵 내 연구는 완전히 정체되어 있었다. 나는 자포자기하는 심정으로 아무렇게나 원서를 밀어 넣었다. 하버드를 포함한 몇몇 학교는 지원 시기마저 놓칠 정도로 내 상태는 엉망이었다. 결국 나는 괜찮은 장학금을 손에 쥐고서도 스무 개 남짓한 대학원에 모조리 떨어지고 말았다.

단 하나, 뉴스쿨^{The New School for Social Research}이라는, 당시의 내게는 생소한 학교에서 입학을 제안해 왔다. 풀브라이트 재단에서 연결해 준 학교였는데, 나는 실망하여 답장조차 보내지 않았다. 뉴스쿨에도 번스타인^{Richrad J. Bernstein}이며 프레이저^{Nancy Fraser} 같은 일류 철학자들이 있었기 때문에 공부하기는 좋은 환경이었으나 아이비리그가 나를 거절했다는 사실에 크게 낙담했던 것이다. 생각해 보면 건방진 행동이었지만, 이후로 오히려 좋은 기회가 많이 생겼다.

더 이상 관악에 머무를 필요가 없어진 우리 부부는 이사를 준비했다. 사법시험에 오랫동안 시달렸던 아내는 이미 관악 캠퍼스에 아무런 애정도 남아 있지 않았다. 고시촌에서 몇 년을 보낸 지인은 "신림동 쪽으로는 방귀도 뀌지 않는다."라고 할 정도로 그곳을 저주했는데, 아내에게도 그처럼 뿌리 깊은 혐오감이 마음속 깊은 곳에 자리 잡고 있었다. 나는 정든 학교를 떠나는 것이 조금은 아쉬웠지만 새로운 생활을 모색해 보는 것도 나쁘지 않겠다고 생각하였다.

자양동은 매력적인 동네였다. 무엇보다 아이들이 뛰노는 소리가 들려오는 것이 좋았다. 다 늘어진 트레이닝복 차림으로 거리를 쓸고 다니는 고시생들의 음울한 분위기에 십 년 이상을 젖어 있던 우리 부부에게는 신세계나 다름없었다. 깨끗하고 너른 집도 마음에 들었다. 잠실과 왕십리를 거쳐 동쪽으로 동쪽으로 이동한 지 한 달만이었다.

모든 짐을 한꺼번에 옮겨야 하는 우리의 두 번째 이사는 내가 녹두에서 서울대입구역으로 옮겨 갈 때만큼 호락호락하지는 않았다. 우리가 미처 아이들을 챙기기도 전에 이삿짐센터 인부들이 난입했고, 우리는 아이들을 붙잡고 집어넣고 달래기 위해 한 시간가량 진땀을 빼야 했다.

빤이는 이동장에 들어갈 때마다 엉엉 고함을 지르면서 울어대는 녀석이었는데, 낯선 사람들과 소음에 질려 버렸는지 소리조차 내지 못하고 있었다. 끝방에 아이들을 풀어주자 앵이가 빤이 품으로 파고들었다. 평소 철부지 동생을 대하는 언니처럼 앵이를 귀찮아하던 빤이도 이때만큼은 정신없이 무서웠는지 앵이를 나무라지 않았다. 새벽부터

시작된 이사에 지친 아이들은 점심시간을 맞아 잠시나마 고요가 찾아오자 꾸벅꾸벅 잠에 빠져들었다. 처제는 빤이와 앵이가 서로 끌어안고 있는 진기한 광경을 카메라로 찍었다.

방문을 열어주자 빤이가 가장 먼저 용기를 냈다. 그래도 한 번 경험이 있다는 듯, 이사가 처음인 앵뿡이보다 뒤늦게나마 여유를 부린 셈이다. 빤이는 "여기가 이제 우리 집이야? 지금부터 우리가 살 집이야?"라고 묻는 듯이 발을 하나씩 뗄 때마다 내 얼굴을 보며 떠들어댔고, 나는 적당히 대답해 주며 빤이와 함께 집을 한 바퀴 돌았다. 새로 얻은 집은 밝고 따뜻했다. 빤이는 새벽녘에 잠깐 들어오는 햇볕을 맞기 위해 침실 주위를 맴돌았고, 앵뿡이는 언니를 따라 하느라 분주하게 털을 골랐다. 방 세 개와 거실은 온전히 아이들 차지가 되었다.

빤이는 대장 노릇을 하느라 아빠가 있는 서재를 독차지했다. 앵이와 뿡이는 한 번씩 기웃거리기는 하였으나 큰언니를 어찌할 수는 없어서 시무룩하게 돌아서곤 했다. 그런 식으로 서열은 제법 잘 정리되었으나, 앵뿡이는 아빠의 사랑을 늘 갈구하는 아이들이 되어 버리고 말았다. 지금은 나도 많이 안정되어서 세 마리에게 부족함 없이 애정을 줄 수 있게 되었지만, 당시의 나는 스스로를 가누기에도 벅찬 상태였기 때문에 사실을 털어놓자면 빤이에게조차 온전히 관심을 쏟지 못하고 있었다. 시간이 지날수록 아이들에게 더욱 미안해지는 지점이다.

자양동으로 이사하면서 우리 부부의 생활은 고양이 중심으로 완벽히 재편되었다. 우리는 아이들의 정신 건강이 염려되어 함부로 여행을 다닐 수도 없었다. 대체로는 둘 중 하나만 이동하고 다른 한 명은 아이들을 돌보는 방향으로 자연스러운 합의가 이루어졌다. 불가피하게 둘이 함께 이동할 때에는 처제에게 아이들을 부탁하기도 하였으나, 이제는 처제도 가정을 꾸리고서 출산까지 앞두고 있었기 때문에 마냥 떠맡길 수도 없는 노릇이었다.

한편으로는 아내도 나도 상대방 없이 나다니는 것을 그리 탐탁하게 생각하지 않았기 때문에 결국 어지간하면 둘 다 집 밖으로 나가지 않게끔 되었다. 우리 부부는 둘 다 집에 있는 것을 좋아했기 때문에 아무런 불만도 생기지 않았다. 함께 있는 시간이 늘어나면서 부부 사이는 더욱 좋아졌고, 가정은 더욱 화목해졌다. 모두에게 좋은 일이었다.

고양이들 위주로 생활하게 되자 우습게도 고양이들 역시 우리 부부의 생활 패턴에 적응하게 되었다. 고양이는 야행성 동물이기 때문에 집사가 잠들 무렵에 깨어서 돌아다니는 일이 다반사고, 여러 녀석이 함께 놀아달라고 시끄럽게 요구한다. 설사 밤에 잔다고 하더라도 고양이는 보통 쪽잠을 자기 때문에 자주 일어나서 칭얼대기 일쑤이고, 이 때문에 집사들은 늘 수면 부족에 시달리곤 한다. 한데 앵뿅빤이는 밤에 푹 자고 아침에 일어나서 돌아다니기 시작하는 이상한 녀석들이 되었다. 결과적으로는 모두가 행복하게 된 것이지만, 나는 여전히 우리집 고양이들은 별난 녀석들이라고 생각한다.

내가 더 이상 학교로 출근하지 않게 되면서 빤이와 함께 하는 시간도 늘어나게 되었다. 그 때문인지는 몰라도 자양동 빤이는 굉장히 천진난만한 성격이 되었다. 이제는 내가 외출했다 돌아와도 미친 듯이 나를 찾지 않았다. 책상 위에 널브러져 있다가 내가 녀석을 찾으면 비로소 "왔어?" 하는 듯 눈을 게슴츠레 떴다가 기지개를 한 번 켤 뿐이었다. 나로서는 어처구니가 없는 일이었지만, 아내는 빤이가 밝아졌다며 무척 기뻐했다. 유학을 갔더라면 결코 누릴 수 없었을 사치스러운 삶이었다.

(6) 아빠가 뚝딱뚝딱
첫 캣타워

집사들이 들으면 놀랄 만한 일이지만, 빤이는 다섯 살이 될 때까지
그럴듯한 캣타워도 없이 살았다. 녹두 원룸은 캣타워를 놓을 수도 없
을 만큼 낮고 비좁기는 하였다. 그러나 그런 사정이 아니더라도 나는
캣타워를 놓아주어야겠다는 생각을 하지도 못할 만큼 무감각했다. 빤
이는 오디오와 옷장을 캣타워 삼아 뛰어다니며 아쉬운 마음을 달래고
있었다.

고양이는 바닥에 붙어 다니기 때문에 키 큰 동물들에게 늘 시달리
며 산다. 나는 이런 사정을 전혀 생각해 보지 않다가 어느 날 전철을
타면서 문득 깨닫게 되었다. 콩나물시루 같은 전철 안에서 아내는 시
들어 버린 나물마냥 사람들 사이에 끼어 있었다. 키 큰 나는 언제나 시
야가 확보되어 있지만, 아내는 어딜 가든 눈앞이 가리는 불편을 감내
하며 살아간다는 생각이 들었다. 고양이는 아내보다도 키가 작으니 훨
씬 더 불편하지 않을까. 고양이가 전철을 타지 않아도 되어서 다행이

라 생각한다.

　어쩌다 나만큼이나 키가 큰 사람을 마주 대할 때면 나는 본능적으로 위협을 느끼곤 한다. 흔히 있는 일은 아니기 때문에 나는 이 불쾌한 기억을 곧 지워 버리곤 하는데, 이런 일이 일상적으로 벌어진다면 적지 않게 스트레스를 받으리라 생각한다. 이것이야말로 고양이가 늘 느끼는 공포심의 원천이 아닐까. 고양이들이 타고난 겁쟁이인 것도 무리가 아니다. 그래서 고양이는 언제나 높은 곳을 찾아다닌다. 이를 두고 흔히 사람의 시선은 수평적인 데 반해 고양이의 시선은 수직적이라고 말하기도 한다.

　어느 날 아침인가 나는 드디어 빤이에게 캣타워를 만들어 주어야 되겠다고 결심하였다. 서울대입구역 집으로 이사한 지 한 달쯤 되었던 무렵으로 기억한다. 이미 연구실의 모니터 장을 손수 만들어 본 경험이 있었기 때문에 자신감이 충만해 있는 상태였다. 아귀가 맞지 않고 서랍은 삐걱거렸으나 스스로 만들어내었다는 점에 아주 큰 의미를 부여한 나는 DIY의 모든 단점을 적극적으로 망각하였다. 나는 프리웨어로 설치한 드로잉 앱으로 얼기설기 도면을 그린 다음에 목공소에서 삼나무 합판을 재단 주문했다.

　야심으로 가득 찬 나는 빤이에게 밀폐형 화장실까지 만들어 줄 꿈에 부풀어 있었기 때문에 집 안은 곧 톱밥으로 엉망진창이 되었다. 다행이라고 해야 할지, 아내는 뺑뺑이 안경을 쓴 채 펜대를 굴리는 남자

들만 보아 왔기 때문에 망치와 드릴을 휘두르는 남편이 그저 신기한 모양이었다. 땀을 뻘뻘 흘리며 못질을 하는 나를 카메라로 연신 찍어 대었다. 빤이는 무심히 앉아서 모차르트를 들으며 나를 구경했다.

거대한 합판은 꽤나 무거워서 평범한 상자 모습을 갖추기까지 오랜 시간이 걸렸다. 전면에 큰 구멍을 뚫어서 빤이가 드나들 수 있도록 하였고, 내부에 화장실을 두었다. 안 쓰는 수납장과 공간박스를 얼기설기 이어 붙여 만들어 낸 3단 캣타워를 상자 위에 얹었다. 캣타워는 좌우의 균형이 틀어져 삐그덕거렸다. 나는 아내가 보기 전에 얼른 실리콘을 쏘아서 튀어나온 못을 마무리하였다.

아내는 캣타워가 못생겼다며 기겁했다. 인터넷에서 원목 캣타워를 검색하여 나에게 들이밀면서 예쁘다고 답할 것을 강요하였다. 아내는 새 캣타워를 들이면서 내가 만든 캣타워를 내다 버리려고 호시탐탐 시도하였으나, 내가 들은 척도 하지 않았기 때문에 결국 우리 집에는 기성품인 원목 캣타워와 핸드메이드의 공간박스 캣타워가 공존하게 되었다.

엄마가 아빠에게 잔소리를 퍼붓거나 말거나, 빤이는 아빠가 만들어 준 엉성한 캣타워가 꽤 마음에 드는 모양이었다. 새 캣타워에는 잠깐 올라가 보기만 하였을 뿐 관심이 없었고, 이내 공간박스 캣타워로 돌아와 똬리를 틀었다. 힘겹게 만들어 준 보람이 있었던 셈이다. 빤이를 위해 뚝딱뚝딱 만들어 낸 공간박스 캣타워는 곧 "빤이 캣타워"로 불리게 되었다.

나는 빤이가 좋아한다는 이유로 고집을 부렸기 때문에 빤이 캣타워는 결국 자양동까지 오게 되었다. 아내는 망가지는 인테리어를 지켜보며 한숨을 내쉬었지만, 어쩔 수 없다는 듯 내 마음대로 하게 내버려 두었다. 끔찍하게 생긴 조형물이지만 빤이에게는 소중한 물건이라 판단한 것 같았다. 그런 식으로 아내도 점점 야옹이 집사가 되어 가고 있었다.

그러나 애초부터 튼튼하다고 할 수 없었던 빤이 캣타워는 시간이 갈수록 점점 불안해졌다. 나는 못을 몇 개 더 박아 보았으나 어설픈 땜질로 수선할 수 있는 상태는 아니었다. 결국에는 나도 위험해서 안 되겠다고 생각하게 되었고, 구청 사이트에 접속해 폐기물 배출을 신청하였다. 아내는 기뻐하며 원목 캣타워를 또 사들였다. 나는 빤이 캣타워가 있던 자리에 새 캣타워를 놓아주었다.

빤이는 어쩐지 새 캣타워에 쉽사리 정을 붙이지 못하는 것처럼 보였다. 잠시 올라가 보았다가는 이내 내려오곤 하였다. 한동안 빤이는 현관 앞에 우두커니 앉아 아빠가 만들어 준 캣타워를 찾았다. 자기 캣타워가 현관 밖으로 사라지는 장면이 오래도록 기억에 남았던 모양이다. 빤이 캣타워가 그렇게나 사랑을 받고 있었는지 아무도 알지 못하고 있었다. 부모란 다 자기 마음에 드는 것만 해 주고 싶어 한다. 아이들로서는 골치 아픈 노릇이다. 아내는 괜히 난동을 부렸다며 자책하였지만, 이미 내다 버린 것을 다시 주워올 수도 없는 노릇이었다.

자기 캣타워가 끝내 돌아오지 않자 빤이도 결국엔 체념한 것 같았지만, 내 눈에는 그 후로도 한참 동안이나 빤이가 옛 캣타워를 그리워하는 것처럼 보였다. 빤이로서도 아빠가 자신을 위해 손수 만들어 준 것이기 때문에 더욱 애착을 느꼈던 것 아닐까. 서로를 너무나 사랑했지만 살을 맞대고 부비는 것밖에 달리 표현할 방법이 없던 우리는 그런 식으로 서로의 마음을 확인하고 있었다.

빤이가 세상을 떠난 이후로 원목 캣타워 시장은 지속하여 확장하고 발전하였다. 지금은 빤이가 살아 있을 때와 비교할 수 없을 정도로 예쁘고 멋진 캣타워가 많이 판매되고 있다. 자양동 집의 거실 창가에는 다른 캣타워 세 개를 합쳐 놓은 것만큼이나 거대한 캣타워가 설치되어 있는데, 아내는 빤이가 이것을 누리지 못했다며 무척 아쉬워한다. 그러나 나는 아무래도 빤이가 그것을 쓰지 않았을 것 같다고 생각한다.

빤이 캣타워가 우리 집 공간 디자인을 망치고 있던 시절, 앵뿡이는 틈만 나면 빤이 캣타워를 정복하려 들었다. 큰언니를 너무나 좋아했던 녀석들은 언니가 하는 일이라면 무엇이든 따라 하고 싶었던 것이다. 그러나 빤이 캣타워가 사라져 버리자 앵뿡이는 곧 그 존재를 잊어버리고 새로 생긴 캣타워에서 즐겁게 뛰어놀았다. 빤이 캣타워가 아빠 작품이라는 것을 모르는 이 아이들에게 그것은 큰 의미가 없었던 모양이다. 나로서는 섭섭한 노릇이다.

(7) 시한부
선고

빤이는 여덟 살이던 2017년 10월 28일에 시한부의 만성 신부전 진단을 받았다. 그리고 2018년 11월 5일 사망하였다.

고양이의 수명이 짧다고는 하지만, 그것을 감안하더라도 지나치게 어린 나이에 생을 마감한 것이었다. 무라카미 하루키의 고양이가 스물여섯 번째 생일을 맞았다던 신문 기사를 나는 기억하는데, 그렇게 보면 빤이가 얼마나 빨리 세상을 떠났는지 짐작이 간다. 첫 진단 후 숨을 거두기까지 약 일 년 동안은 빤이는 물론 우리 부부에게도 힘겹고 고통스러운, 병마와의 전쟁과도 같은 시간이었다.

아내는 빤이가 여섯 살이 되던 해부터 건강검진을 받게 해 주어야 한다고 주장했다. 그러나 빤이가 병원을 무서워한다는 사실을 잘 알고 있는 나는 눈에 띄게 아픈 곳도 없는 녀석을 구태여 병원으로 데려가고 싶지 않았다. 믿을 만한 곳이라고는 안홍재 선생이 있는 이태원의 병원뿐이었는데, 집에서 이태원까지 한 시간의 여정 동안 빤이가 울어대는 꼴을 견뎌 낼 자신도 없었다.

아내 역시 빤이가 병원에서 공포스러워하는 모습을 몇 번 지켜보았기 때문에 억지로 나의 고집을 꺾으려 하지 않았다. 그러나 나도 빤이를 마냥 방치해 둘 수 없다고는 늘 생각하고 있었다. 사람도 마흔 살이 넘으면 나라에서 건강검진을 받게 해 준다. 고양이 나이 여섯 살이면 사람 나이 마흔 살이나 마찬가지였다.

빤이가 여덟 살이 되던 해도 거의 다 지나갔을 무렵, 나는 드디어 녀석에게 건강검진을 받게 해 주어야 하겠다고 결심하였다. 그동안 안 선생은 마포에서 자기 병원을 개업하여 원장이 되었다. 우리도 자양동으로 이사했기 때문에 서울 동쪽 끝에서 서쪽 끝으로 이동해야 하는 것이나 다름없었다. 빤이는 강변북로를 타고 가는 내내 엉엉 울어대었지만, 막 자양동으로 이사한 우리는 아직 그럴듯한 병원을 찾지 못했기 때문에 어쩔 수가 없었다.

안 선생도 빤이를 진정시키느라 고생을 많이 하였다. 이미 그는 빤이에게 한 번 손을 물린 경험이 있었다. "매일 겪는 일"이라며 대수롭지 않게 넘어가기는 했지만, 트라우마가 없을 리 없었다. 그럼에도 안 선생은 능숙했다. 우려했던 것보다 훨씬 부드럽게 건강검진이 완료되었다. 그 결과는 전혀 부드럽다고 할 수 없는 것이었지만.

빤이의 신장은 양쪽 크기가 달랐다. 한쪽 신장이 쪼그라진 상태였다. 신부전 1기가 의심된다는 진단이었다. 보호자에게 상냥한 안 선생은 아직 상태가 심각하지 않다며 우리를 안심시키려 애썼지만, 우리는 그가 시한부 선고를 내리고 있다는 것을 분명하게 느낄 수 있었다. 안 선생은 빤이의 상태가 심각해지면 약을 처방해 먹이라며 긴 목록을 만들어 주었다. 아내는 안 선생이 추천하는 신장 보조제를 어렵게 구해 왔다. 나는 유산균과 보조제를 섞어서 빤이에게 먹였다.

"신장 질환을 이긴 고양이" 카페에 가입한 아내는 크레아티닌^{creatinine} 수치가 신부전의 경과를 판단하는 데 결정적이라는 정보를 입수하였다. 우리는 그해 겨울쯤 빤이의 크레아티닌 수치를 확인하기 위해 집 앞 병원에 내원했다. 아내의 주장에 따르면 "돌팔이"였던 수의사 양반은 빤이를 제대로 컨트롤하지 못했다. 빤이는 어느 때보다 끔찍한 소리로 울부짖었고, 수의사는 손을 물렸다. 계획했던 검사는 진행하지 못했다. 다행히도 크레아티닌 수치는 확인할 수 있었다. 아직 걱정할 만한 수치가 아니라는 설명에 우리는 그나마 안심하였지만, 사실은 당장 투약을 해야만 하는 시점이었다. 빤이를 보내고 나서야 알게 된 사실이다.

나의 서른다섯 번째 생일이 아직도 기억난다. 그날 아내와 처제는 나를 데리고 반얀트리 호텔에 가서 멜론 뷔페를 먹게 해 주었고, 처제는 내게 주먹만 한 화분을 선물해 주었다. 화분을 들고 온 그날 빤이는 내리 두 번을 토했다. 나는 처제가 선물해 준 선인장 화분 때문이 아닐까 생각하여 애꿎은 화분을 현관으로 내놓았다.

빤이는 이후로 매일 두 번씩 토하다가, 급기야는 하루에 여섯 번이나 구토를 하기에 이르렀다. 돌팔이 양반은 구토 억제제를 처방해 주었는데, 그것을 먹은 빤이는 너무나도 고통스러웠는지 침대 밑으로 기어들어가서 이불을 마구 쥐어뜯었다. 당시 우리 부부는 빤이가 약 먹인 아빠에게 항의하는 것이라고 보아 귀엽게 생각하였지만, 사실은 구토를 해야 그나마 버틸 수 있는 아이에게 독약을 먹인 것이나 다름없었다. 우리는 아직도 이불을 쥐어뜯던 빤이를 생각하며 괴로워한다.

얼마 지나지 않아, 빤이는 소변을 쉽게 보지 못한 채 화장실을 들락거리기 시작했다. 급성 방광염 증상이었다. 나는 다시금 안 선생을 찾을 수밖에 없었다. 빤이를 본 안홍재 선생은 머리를 감싸 쥐었다. 감정을 잘 드러내지 않는 그에게서 보기 어려운 모습이었다.

"이 정도 수치면 아이가 살아 있는 게 오히려 놀라운 거예요."

우리가 당황하여 아무 말도 못 하고 있자, 안 선생이 말을 이었다.

"빤이가 이렇게 생생한 것이 신기하네요. 빤이 정신력이 대단한 것 같아요."

심성이 착한 안 선생은 그 지경이 되어서도 보호자인 우리를 걱정해 주고 있었던 것이다. 이제 와서야 하는 말이지만, 나는 그가 아이들의 진료를 맡아 준 것은 정말 큰 행운이었다고 생각한다.

24시간 진료를 하는 대형동물병원으로 달려간 것은 빤이에게 급성 방광염이 한 번 더 찾아왔을 때였다. 늦은 밤이라 안 선생에게 기댈 수 없었던 것이다. 나는 병원 홈페이지에서 고양이 전문가인 이재희 원장을 찾아 진료를 부탁했다. 고양이를 제대로 돌보지 않는 보호자라 생각했는지, 이재희 원장은 우리에게 친절하지 않았다. 나중에야 우리가 빤이에게 전심을 기울이고 있다는 사실을 눈치채고 누그러진 태도를 보였지만, 그의 나무라는 듯한 어조에 나는 크게 낙심했다.

이날 빤이는 입원하였다. 나는 아내를 집으로 돌려보낸 채 병원에서 밤을 지새웠다. 내가 할 수 있는 일은 아무것도 없었지만, 그렇게 하지 않고서는 견딜 수가 없었다. 모든 일이 비현실적으로만 느껴지는 밤이었다.

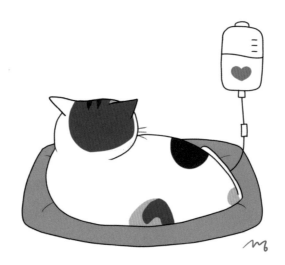

(8) 병원은
무서워

  빤이가 입원하여 퇴원하기까지의 기억은 흐릿한 잔상으로만 남아 있다. 이것은 아내도 마찬가지여서, 우리는 서로의 조각을 꺼내어 맞추며 어렵사리 당시의 상황을 재구성해 보곤 한다. 슬프기 짝 없는 십만 피스짜리 직소 퍼즐 같은 느낌이다.

  눈부시게 밝고 넓은 응급실 한쪽에 빤이의 입원실이 마련되어 있었다. 이처럼 광활한 공간에서 이렇게나 많은 의료진과 맞서는 일은 빤이에게도 무척 공포스러운 경험이었을 것이다. 나는 빤이가 입원실에 들어가기까지의 과정을 지켜보지 못했지만, 입원실 문에 써진 문구 "Very Aggressive"가 지난했던 입원 과정을 생생하게 보여 주는 듯했다. 빤이의 뒷발로 수액 관이 치렁치렁 늘어져 있었다. 겁에 질린 빤이는 내가 들어온 것도 눈치채지 못했다.

  이재희 원장은 나를 이끌고 입원실 별관으로 가서 '하루'와 '두리'를 인사시켜 주었다. 어미를 잃은 아가들이었다. 기껏해야 태어난 지 두

주쯤이나 되었을까. 아직 세상의 풍파를 겪어볼 시간도 없었던 이 아 깽이들은 천진난만하게 내 손을 물어뜯으며 장난을 쳤다. 나는 빤이를 데려오던 때의 기억을 고통스럽게 복기했다. 빤이와 지냈던 지난 십 년은 가파른 내리막길과도 같은 시간이었다. 나를 냉랭하게 맞았던 이 재희 원장은 어느새 나를 위로하고 있었다.

아내는 엉엉 울면서 야근을 했다. 앵이와 뽕이가 놀라서 아내 곁을 지켰다. 사실은 연차를 내면 되는 일이었지만, 차마 그럴 수가 없었다 고 한다. 나는 그 말을 충분히 이해했다. 사람들에게 고양이가 아파서 곧 떠날지도 모르겠다고 말하면 상대방은 고양이가 몇 살이냐고 물어 보고서는 이내 "갈 때가 됐네요" 하는 식으로 지껄이는 것이었다. 고양 이가 아파서 술자리를 빠지겠다고 하면 별난 놈 취급을 하였다.

반려동물이 아니라 가축으로 소나 돼지를 기르는 사람들의 마음이 어떤지는 잘 모르겠다. 그러나 반려동물과 함께 살아가는 사람과 그렇 지 않은 사람의 시선 차이는 분명하게 존재하는 것 같다. 고양이가 아 파서 생업마저 팽개치는 사람도 있는데, 오랜 기간 함께 삶을 꾸려 가 던 하나의 생명이라고 생각하면 모든 것이 이해된다. 하지만 아직 동 물들에 대한 사람들의 인식은 열악하기만 하다.

우리 부부는 공개 CCTV로 재생되는 빤이의 입원실을 하릴없이 감 상하였다. 빤이는 불안한 듯 좁은 입원실 안을 누비고 다녔다. 밤이 되 자 간호사가 빤이를 재우기 위해 붉은 커튼을 끝까지 당겼기 때문에 그나마도 볼 수가 없었다.

우리는 면회 시간이 되자마자 병원으로 달려갔다. 빤이가 나를 반겼다. 요도관이 꽂혀 몸이 불편한 빤이는 고개를 내밀어 내 손에 부벼 대었다. 몸을 움직일 수만 있다면 몇 번이라도 뒤집으며 나를 맞을 기세였다. 호전된 것처럼 보였지만 아직은 신부전 관련 수치가 높았다. 사실은 언제 숨을 거두어도 이상하지 않은 상황이었다. 응급실에서의 면회 시간은 십 분으로 제한되어 있었지만 아무도 우리에게 나가라고 하지 않았다. 차마 떨어지지 않는 발걸음으로 인사를 하자, 빤이는 망연한 표정으로 멀어지는 나를 지켜보았다.

그날 빤이의 상태는 급격하게 나빠졌다. 축 늘어진 채로 눈을 뜨려고 하지 않았다. 빤이가 병원에서 숨을 거둘까 걱정되었던 나는 이재희 원장에게 전화를 걸어 거의 울먹이는 목소리로 퇴원을 부탁하였다. 그는 안타까운 듯, 상태가 아직 좋아질 여지가 있으니 하루 이틀 정도만 더 지켜보자고 나를 설득했다. 휴무일이었던 그는 운동복을 입고 출근하여 빤이를 걱정스레 지켜보았다.

다음 날 저녁, 빤이는 퇴원했다. 수치는 낮아지지 않았다. 이재희 원장은 문 앞까지 따라와서 미안하다며 유감을 표했지만, 그가 미안할 것은 없었다. 사실은 내가 좀 더 일찍부터 빤이를 챙겼다면 그와 인연을 맺을 일이 아주 없었을지도 모른다. 아내는 쓸모없게도 내내 울고만 있었다. 이재희 원장은 휙 돌아서 들어가 버렸는데, 나는 그 뒷모습이 무척이나 슬퍼 보인다고 생각하였다. 실제로 그도 적지 않게 슬펐을 것이다.

아내가 항의하여 빤이를 이대로 병원에 두어서는 안 된다고 말해 준 덕에 마음의 결정을 빨리 내릴 수 있었다. 나중에야 아내는 빤이를 퇴원시키라고 한 것이 장모님이었다고 말해 주었다. 장모님은 병원을 지독하게 싫어하신다. 장인어른이 놓는 주사가 너무 아파서 급기야 장인어른께 큰 소리로 항의를 해 버리시게 될 정도다. 고양이는 조그맣기 때문에 주삿바늘이 더욱 아프리라고 생각하신 것인지도 모르겠다. 어쨌거나 입원한 빤이가 무척이나 힘들어 보였던 것은 사실이다. 빤이가 퇴원했다는 사실을 전해 듣고 장모님은 안도하셨다고 한다.

오는 길에 아내는 내가 차에 저장해 놓은 조지 윈스턴^{George Winston}의 〈여름^{Summer}〉 음원을 틀었다. 빤이가 좋아하는 음악이었다. 녹두 시절에 내가 이 음반을 틀어 놓으면 빤이는 스피커 위로 올라와서 귀를 쫑긋거리곤 했다. 고양이의 음악 인지 능력이 어느 정도나 되는지 나는 알지 못한다. 어쩌면 고양이에게 음악이란 단순히 높고 낮은 음의 덩어리에 불과할지도 모른다. 그러나 나는 빤이가 나를 바라보며 귀를 팔랑이는 것이 좋아서, 윈스턴의 그 음반을 자주 틀어놓곤 했다. 빤이가 세상을 떠난 후에는 곧 팔아 버렸다.

아내가 아무리 말을 걸어도 미동조차 없던 빤이는 음악을 틀어 주자 뒤척이기 시작했다. 아내는 기뻤는지 빤이가 움직인다며 소리를 질렀다. 나는 시끄럽다며 아내를 타박했지만, 실은 나도 빤이가 살아나는 것 같아 가슴이 두근거렸다.

꼬박 하루 동안 빤이는 죽음과 삶의 경계를 넘나들었다. 동공이 왕방울만 해진 채 제대로 눈을 뜨지 못하다가 잠깐씩 정신을 차리곤 했다. 새벽녘에 기운을 낸 빤이는 끝방으로 비척비척 기어가더니 아내가 틀어 놓은 고양이 분수를 구경하였다. 나는 빤이가 임종 전에 집을 돌아보려는 것이 아닐까 걱정했지만, 분수 앞에서 까무룩 잠들었던 빤이는 곧 멀쩡해져서 밥을 찾았다.

나는 빤이가 병원이 너무 무서워서 정신줄을 놓아 버렸다가 집에 돌아온 것을 알고는 다시 정신을 차린 것이 아니었을까 생각하고 있

다. 빤이를 병원에 며칠 더 머물도록 했더라면 삶의 희망을 잃어버린 채 그곳에서 생을 마감했을지도 모른다. 장모님과 아내와 빤이 모두에게 감사하고 다행스러운 일이었다.

이후로 빤이는 두 번 다시 입원하지 않았다. 당연히도 빤이를 포기한 것은 아니지만, 입원만큼은 시키지 않기로 결심했던 것이다. 다행스럽게도 빤이는 몇 달을 더 버텨내 주었다. 비난할 사람이 있을지도 모르지만, 나는 빤이를 위해서는 최선의 선택이었다고 믿는다.

(9) 아빠가 미안했어

나는 빤이 곁에서 자기 시작했다. 아내와는 뜻밖의 각방 생활이었다. 아내는 "내가 오빠 옆에 있으면 빤이가 싫어할 것"이라며 쿨하게 받아들였다. 아마도 아내는 녹두 시절의 빤이가 나와 늘 붙어 있어서 행복했을 것이라 짐작하고, 그 시절 분위기를 내어 주려 생각했던 것 같다. 나로서는 고마운 일이었지만, 사실 아내가 옆에 있었더라도 빤이는 똑같이 좋아했을 것이다.

빤이는 딱 하루 기쁜 내색을 하였다. 나는 이부자리로 파고들어오는 빤이를 보며 앞으로 쭉 함께 잘 수 있을 것 같아 행복감에 젖었지만, 다음 날부터 빤이는 내게서 떨어진 채 잠을 청하기 시작했다. 아내는 버려진 내가 우스웠는지 카메라를 들이댔다. 아빠가 좋은 것은 좋은 것이고, 잠자리가 불편한 것은 또 그대로 그런 것이었다. 정말이지 고양이란…….

그래도 이 시기의 내가 마음으로나마 해 줄 수 있는 몇 안 되는 일

중 하나였다. 당시 나는 우울증이 악화하여 한 발짝도 움직일 수가 없었고, 쏟아지는 잠에 거의 종일 지배당하고 있었다. 나중에는 내가 괜찮은지 보기 위해 빤이가 곁을 지키는 꼴이 되었다. 고통스러운 일이지만, 나는 빤이가 떠나는 마지막 순간까지도 잠을 이겨 내지 못하고 있었다. 우울증의 대표적인 증상은 무기력감으로, 물리적으로 아무것도 할 수 없는 상태가 되는 것이다. 무기력증이 덮치더라도 반드시 우울감에 빠진다고는 할 수 없다. 대신 저항할 수 없는 잠에 빠져든다.

빤이의 투병 기간에 앵뿡이는 완전히 뒷전이 되었다. 아내도 나도 잘은 기억나지 않지만, "너희는 아직 어리고, 우리랑 오래 같이 살 거니까, 앞으로 더 잘해 줄게."라는 마음가짐이었던 것 같다. 나는 앵이가 자주 방을 들락거리고 또 빤이의 등에 코를 파묻고는 냄새도 맡아

보곤 하던 것을 기억한다. 모르긴 해도 큰언니를 무척 좋아하던 앵이는 언니가 평소 같지 않아서 걱정을 많이 했을 것이다. 앵이는 한동안 자기 영역을 잡지 못한 채 거실 한쪽 구석에 있는 식탁 의자에서 잠을 청하곤 했다. 빤이가 잘 보이는 자리였다.

처제는 길바닥에 몇 시간씩을 내 버리며 매일같이 우리 집을 찾아왔다. 우리는 미안하여 처제를 말렸지만, 처제는 우리가 밥도 먹지 않은 채 시름시름 앓고 있는 꼴을 가만히 둘 수 없었던 모양이다. 처제는 늘 점심때쯤 3인분의 식사를 바리바리 싸서 현관 벨을 눌러댔고, 나는 빤이가 놀란다며 처제에게 여분의 열쇠를 건넸다. 처제가 없을 때 빤이가 떠나 버린다면 처제에게도 큰 상처가 될 것이었다. 방치된 앵뽕이와 한참을 놀아주던 것도 처제였다.

이 시기, 딱 한 번 빤이가 위험했던 순간이 있었다. 오줌을 제대로 누지 못한 채 안절부절못하는 증상이 또 나타난 것인데, 틀림없는 급성 방광염 증상으로 보였다. 이른 새벽이었고, 아내는 장조모님의 장례를 올리고 있어서 저녁이나 되어야 돌아올 예정이었다. 빤이를 곁에서 돌보아 주는 사람 없이 무작정 차에 싣고 내달릴 수는 없었다. 나는 불이 들어온 동물병원을 찾아다니며 처방을 호소했지만, 결국 아무 데서도 약을 얻지 못했다. 법이 엄격해진 지 몇 달 되지 않은 때였다.

반려동물에 대한 자가 처치 행위가 오랫동안 논란이 되고 있는데, 나는 무작정 병원에서 진료와 처방을 받으라는 법안은 동물의 삶에 대해 별로 생각해 본 적이 없는 사람의 머릿속에서 나온 것이라 믿고 있다. 동물들은 말을 할 수가 없고, 병원에 가야 할 당위성을 설득할 방법도 없다. 무조건적인 자가 처치 금지는 오히려 반려동물에게 해가 될 우려가 크다. 동물을 위하는 척하지만 편의적인 발상에 지나지 않는 것이다. 자가 진료 행위가 악용될 것이 우려된다면 법을 섬세하게 만들면 될 일이고, 사실은 그것이야말로 입법자가 해야 할 일이다.

나는 온 집을 뒤져서 약 봉투 몇 개를 찾아냈다. 틀림없이 유효기간이 한참이나 지났을 법한, 묵은 약이었다. 그거라도 먹여야 했다. 소변을 보지 못하면 건강한 고양이도 이틀을 넘기기 어렵다. 지금의 빤이라면 한시가 급한 상황이었다. 약을 먹은 빤이는 떠오른 해가 반대편으로 넘어갈 때쯤 화장실에서 오줌을 누었다. 정말이지 천만다행한 일이었다.

이제 와서야 이때 찍어 놓은 빤이 사진을 보면, 이미 오래전부터 빤이에게는 통증을 호소하는 여러 징후가 있었다. 가령 3월경부터 이미 빤이는 한쪽 엉덩이를 깔고 앉은 자세로 엉거주춤하게 지내고 있었다. 물론 당시에도 그렇다는 사실은 알았고 정상이 아니라는 징후임은 눈치챘지만 특별한 의미를 부여하지 않았던 것이다. 3월이면 빤이가 입원하기 무려 석 달이나 전이다. 본래도 고양이는 말이 없는 동물이지만, 아프다는 내색은 정말로 하기 싫어한다. 조금만 더 세심했다면 보살펴 줄 수도 있었던 빤이의 고통을 나는 그렇게 무심히 넘겨 버리고 말았던 것이다.

우리 부부와 하루 내내 함께 생활한다는 것은, 한편으로는 기쁜 일이었겠지만 다른 한편으로는 적지 않게 불편한 일이었으리라 생각한다. 그해 여름은 지독하게 더웠고 겨울은 죽을 만큼 추웠다. 나는 열에 약해 헐떡이고 아내는 손발이 꽁꽁 얼어붙는다. 빤이를 위한답시고, 우리는 집 안 공기를 우리 몸에 맞추었다. 덕택에 빤이는 여름에는 쌩쌩 부는 에어컨 바람에, 겨울에는 절절 끓는 마룻바닥에 시달려야 했다.

여름의 빤이는 에어컨을 피해 베란다로 나갔다가 한참 뒤에야 고구마처럼 따끈따끈하게 익어서 비틀비틀 방으로 돌아오곤 하였는데, 겨울의 빤이는 한증막을 피할 만한 곳도 찾을 수가 없어서 거의 탈진 상태가 되었다. 놀란 아내가 보일러를 꺼 버렸다. 그 뒤로 우리는 철저하게 빤이의 입장에서 생각해 보려 노력하였지만, 이미 빤이에게는 많은 시간이 남아 있지 않았다.

몇 년이 지나고서야 그랬다는 생각이 들 뿐이다. 이제는 빤이에게 그저 미안하다는 말밖에 해 줄 수가 없게 되었다. 아내는 이 시기부터 "빤이에게 미안하다, 사랑한다고 많이 말해 주라"고 나를 채근하곤 하였는데, 당시에는 그래야 한다는 것을 잘 알면서도 정작 빤이에게는 한마디도 할 수가 없었다. 최근 들어서야 나는 빤이의 사진을 보면서 "아빠가 미안했어."라고 속삭이기 시작할 수 있게 되었다. 정말로 바보 같은 일이지만, 그전에는 빤이만 보면 목이 메어서 한마디도 내뱉을 수가 없었던 것이다.

(10) 마지막
가는 길

쏟아지는 잠을 주체하지 못하던 나는 급한 일이 생겼다는 듯 문득
자리를 털고 일어났다. 눈부시게 밝은 햇살이 방 구석구석을 비추던
아침이었다. 나는 오랜만에 목욕을 하고 향이 없는 로션을 발랐다. 바
지와 니트까지 갖추어 입은 나는 외출을 준비했다. 아내가 나갈 거냐
며 깜짝 놀랐다. 특별히 갈 곳도 없었던 나는 다시 방바닥에 주저앉았
다. 나는 빤이에게 아무 일도 생기지 않았다는 듯 현실 도피를 하고 있
었다.

빤이는 주말 내내 한숨도 자지 못했다. 나는 팔을 빤이 쪽으로 뻗은
채 깊은 잠에 빠져 있었는데, 빤이는 그런 나를 바라보며 끊임없이 꼬
리를 살랑거렸다. 그 모습이 마치 내게 "아빠, 나는 다 알아." "아빠, 나
는 다 괜찮아." 하고 속삭이는 것처럼 보였다고 한다. 내가 목욕을 마
치고 나올 때까지도 빤이는 계속 나를 보며 꼬리를 흔들고 있었다.

　그리고서 빤이는 숨을 거두었다. 아내가 잠시 화장실로 간 사이, 빤이는 급히 침대 밑으로 기어들더니 숨을 헐떡이기 시작했다. 전에 없던 모습이었다. 아내가 "빤이는 좀 어떠냐"고 물었고, 나는 "안 좋다"고 대답하였다. 우리는 무슨 일이 생기는 것인지 몰라 당황하였지만, 오 분쯤 지나자 분명하게 알 수 있었다. 빤이는 마지막 숨을 힘겹게 몰아쉬고 있었다. 빤이 스스로도 무슨 일인지 알지 못하여 무척 겁에 질려 있었다. 아내는 가로누운 채 눈을 맞추며 빤이를 달래려 애썼다.

　나는 이때의 일이 전혀 기억나지 않는다. 아내가 여러 번 말해 준 바에 따르면, 나는 정신이 나간 듯 침대 주변을 서성거리는 한편, 갑자기 부엌으로 가서 커피를 끓이는 등 미친놈처럼 굴었다고 한다. 아내는 나를 붙잡아 빤이 곁에 눕혀 놓고 싶었으나, 사실은 숨을 거두려 하는 빤이의 모습에 아내도 겁을 먹어 아무 일도 할 수가 없었다. 나는 한참이 지난 뒤에야 겨우 빤이에게 말을 걸었지만, 빤이가 고통스러워하는 모습을 지켜볼 수 없어 이내 다시 일어나곤 하였다. 윗집은 하필 그날따라 철거 공사를 하느라 사방을 울려대고 있었다.

빤이는 오랫동안 헐떡이며 괴로워했다. 아내는 자기가 아는 모든 신을 읊어가며 빤이를 제발 편안히 데려가 달라고 빌었다고 한다. 그러나 평소에 가벼운 인사조차 올리지 않았던 아내에게 신께서 눈길을 주실 리가 없었다. 아내가 아무리 발을 굴러도 빤이는 여전히 괴로운 숨만 내뱉고 있었다. 그런데 부처님을 부르자 거짓말처럼 빤이가 숨을 거두었다고 한다. 나로서는 우연히 때가 맞았다고 생각할 수밖에 없지만, 아내는 이 일로 아직도 부처님께 감사하고 있다.

이때 빤이는 기껏 1킬로그램 정도로 뼈만 남아 있었지만, 그래도 아직은 어렸고 다른 장기가 모두 건강했기 때문에 숨이 떨어지기는 쉽지 않았던 것이 아니었을까 생각한다. 나는 빤이를 억지로 끄집어내어 안아 주고 싶었지만 빤이가 그런 짓을 좋아할 것 같지 않아 그만두었다. 빤이가 끝내 숨을 크게 내뱉으며 축 늘어졌을 때, 빤이를 지켜보던 우리 부부도 이미 거의 탈진한 상태였다.

나는 침대를 끌어내어 빤이를 안아 올렸다. 마지막 순간 토해 낸 복수^{腹水}*에 젖어 빤이의 털은 마구 헝클어져 있었다. 고약한 냄새가 났다.

이런 걸 몇 달 동안 배 속에 담고 있었으니 힘들 수밖에 없었으리라는 생각이 들었다. 병이 깊어지면서 빤이는 쩝쩝거리며 입맛만 다실뿐 밥도 물도 삼키지를 못했다. 입에 넣으려 하면 구역질이 나서 견딜 수가 없었을 것이다. 게살포를 꺼내면 부리나케 뛰어왔지만 곧 시무룩해져 돌아서곤 했다. 그 모습을 보는 우리는 마음이 찢어졌다.

처제는 여느 때처럼 밥을 챙겨 들어오다가 빤이 소식을 듣고 울음을 터뜨렸다. 처제의 통곡 소리가 샤워기 너머로 똑똑히 들려왔다. 나는 처제에게 수건을 깔아달라고 부탁하여 빤이의 몸을 닦았다. 온수로 목욕한 빤이의 몸은 아직도 따뜻했다.

빤이가 좋아하던 바스락 침대에 빤이를 눕혀서 거실 바닥에 가만히 내려놓았다. 앵이와 뽕이는 무언가 심상찮은 일이 생겼음을 직감적으로 아는 것 같았다. 그렇게나 좋아하던 큰언니였는데, 주저하며 가까이 와 보질 않았다. 앵이가 잠시 다가오기는 하였으나 잠시 코를 킁킁거리고는 다시 뽕이 쪽으로 쏜살같이 내뺐다. 나는 아이들에게 죽음의 의미를 설명해 줄 수 없어 마음이 아팠다.

경황이 없었던 우리는 아이들에게 인사할 시간도 충분히 주지 못한 채 빤이를 데리고 나왔다. 내가 침대째 빤이를 들어 바구니로 옮기자, 아내가 이불을 덮어 주었다. 처제가 바구니를 안고 뒷자리에 앉았다. 나는 조심스레 차를 몰아 경기도의 장례식장으로 향했다. 날은 야속할 정도로 맑았고, 바람에 살랑이는 햇살이 차창으로 쏟아져 들어왔다. 넓은 도로에는 차도 한 대 없었다. 절정을 맞은 단풍철로 길가에는 절경이 펼쳐졌다. 빤이의 죽음만 빼면, 모든 것이 완벽했다.

장례식장의 사람들은 친절하면서도 진지하고 엄숙했다. 고작 고양이의 죽음이라고 비웃는 사람은 아무도 없었다. 누군가 그런 말을 한다면 이곳의 사람 누군가가 선뜻 나서서 턱을 갈겨 줄 것만 같았다. 우리가 빤이를 오동나무 관에 넣어 비로소 보낼 수 있게 되기까지는 오랜 시간이 걸렸지만, 누구도 우리에게 서두르라고 재촉하지 않았다. 온전히 반려인의 입장에서 생각해 주는 이들 덕분에 우리는 큰 위안을 얻을 수 있었다. 비로소 배가 고파진 우리는 작은 컵라면을 하나 끓여 셋이서 나누어 먹었다. 눈물 젖은 식사였다.

빤이에게 마지막 인사를 하고 화장을 하기까지 꼬박 하루가 걸렸다. 뼛가루를 녹여 굳힌 스톤을 향나무 상자에 넣어 들고 다시 집으로 들어섰을 때 시계는 이미 열한 시를 가리키고 있었다. 우리는 무언가 시답잖은 대화를 두런두런 나누고, 조그맣게 웃었다. 그렇게 일상이 다시 돌아오고 있었다.

아내의 제안으로 우리는 절에 다니게 되었다. 아내의 말인즉슨, 부처님은 동물까지도 차별 없이 받아 주신다는 것이었다. 듣고 보니 딴에는 그런 것 같기도 하였다. 나는 부처님이 부탁을 들어주셔서 아내가 보답하려 하는 것 같다고 생각했지만, 구태여 따지려 들지 않았다. 성당에서 세례까지 받기는 하였지만 아무래도 상관없었다. 우리는 봉은

사에서 수계를 받고 정식으로 신도가 되었다. 나는 관문^{觀門}이라는 법명을 얻었다. '좋은 삶'의 의미를 좇는 나에게 어울리는 이름이라고 생각한다.

봉은사 지장전 한쪽에는 빤이의 인등이 조그맣게 반짝이고 있다. 빤이의 곁에는 마음씨 좋아 보이는 아저씨의 이름과 붙임성이 좋을 것 같은 강아지의 이름이 새겨져 있었다. 우리는 빤이가 외롭지 않을 것 같다며 기뻐했다. 나는 도도한 빤이가 아저씨를 못 본 체하고 강아지에게 패악을 부릴지도 모른다고 생각했지만, 그것도 그대로 괜찮다고 생각하였다. 빤이는 언제나처럼 이들과 잘 어울려 지낼 것이다. 마음을 여는 방식이 독특하지만, 그럭저럭 잘해 나갈 것이다.

2.
즐거운
냥자매

(1) 이태원
출신이야

앵이와 뽕이는 작은 상자에 담긴 채로 이태원의 청화동물병원 앞에서 구조되었다. 태어난 지 채 며칠밖에 되지 않은 젖먹이들이었다. 당시 청화에서 근무하던 안홍재 선생이 새벽마다 반바지를 입고 나와서 분유를 먹여 가며 입양을 추진하였다. 안 선생은 이제 녀석들이 자신을 기억하지도 못한다며 서운해하는데, 내가 보기에는 병원에서도 차

분한 것이 틀림없이 안 선생의 손길을 기억하는 모양새다.

아내는 빤이에게 동생을 만들어 주어야 한다며 한동안 길냥이 커뮤니티를 전전하고 있었는데, 서울대 커뮤니티에서 앵뿡이 사진을 보고서는 한눈에 반하여 이들을 데려오기로 하였다. 지금 그때 사진을 보면 그렇게 초라하고 못생길 수 없는 녀석들인데 너무 예쁘다며 모셔온 것이다. 그것도 다 묘연猫緣이라 생각한다.

애초 점박이(뿡이)만 데려오려던 우리는 다른 후보자가 입양을 포기하는 바람에 줄무늬(앵이)까지 데려오기로 마음먹었다. 찰떡처럼 붙어 다니는 앵뿡이를 보고 있노라면 정말 잘한 결정이었다는 생각이 든다. 녀석들을 떼어놓았다면 흔히 그렇듯 이들도 자묘 우울증에 시달렸을지 모른다. 이 역시, 묘연이라 생각한다.

이동장까지 들고 나타난 우리를 보고 안 선생은 당황하였다.

"벌써 데려가시려고요?"

아닌 게 아니라 너무 어리고 조그맣기는 하였다. 앵이는 우리에게 모습을 보이기 전부터 고래고래 소리를 지르고 있었고, 뿡이는 끙 소리도 못 내는 겁쟁이였다. 다섯 살이 된 지금 앵이는 여전히 고함을 질러 댄다. 뿡이는 꽤나 오랫동안 소리를 내지 않아 걱정이 된 내가 들어서 귀에 대어 보기도 하였지만, 지금은 앵이만큼이나 우렁차게 울어댄다.

며칠 후 우리는 입양 서약서에 이름을 쓰고 앵뿡이를 품에 안았다. 내가 서명을 하는 동안 앵뿡이가 삐약거리고 있자, 강아지를 데려온 아주머니가 "어머 어머" 소리를 내며 아내에게 다가와 "이게 뭐냐"고 물었다. 아내가 "아기 고양이"라고 대답하자 아주머니는 "어머 어머 어머"를 연발했다. 정말이지 병아리만큼이나 작았던 것이다. 앵뿡이를 보내는 안 선생도 간호사도 모두가 아쉬워 보였다.

아이들이 너무 조그만 탓에 아내와 처제는 벌벌 떨었다. 행여나 어딜 다칠까 봐 손으로 붙잡지도 못했다. 어찌나 작았는지 선글라스 상자로 임시 거처를 만들어 주었는데 그나마도 공간이 남아돌 지경이었다. 집으로 온 아이들은 곧 널찍한 라면 박스로 이사하였고, 선글라스 상자는 아이들의 화장실이 되었다. 아이들이 상자를 타고 올라가길 힘겨워해서 처제가 발판을 대어 주었다. 이때부터 바닥에 면 수건을 깔아주었던 탓에 앵뿡이는 아직도 까슬까슬한 면 수건을 좋아한다.

별수 없이 내가 앵뿡이를 집어 올려서 분유를 먹이고, 똥꼬를 문질러 배변을 유도했다. 녀석들은 배불리 먹고 푸짐하게 쌌다. 분유를 욕심껏 먹은 앵이는 출렁이는 배를 가누지 못해 배불뚝이 아저씨처럼 뒤로 드러눕곤 하였는데, 걱정이 된 내가 양을 줄이자 안 그래도 큰 앵이의 목소리가 몇 배나 더 커졌다. 똥오줌을 싸게 할 때는 더욱 큰 소리를 질러 대서 놀란 아내가 창문을 닫았다. 똥 싸기를 끝낸 앵이는 너무 지쳐서 모래에 코를 박고 꿈나라로 떠났다.

줄무늬가 울 때는 사이렌처럼 애앵애앵 소리가 났기 때문에 앵이로 이름 붙였다. 점박이는 아직 제대로 된 소리를 내지 못했지만, 대신 엉

뚱한 행동을 곧잘 했다. 옷장을 멀뚱히 쳐다보다가 날치라도 된 마냥 옷장을 향해 풀쩍 뛰고는 곧 바닥으로 곤두박질쳤다. 아내와 처제는 입을 벌리고 멍하니 쳐다보았다. 내가 그 이야기를 듣고는 "웃기는 짬뽕"이라고 놀렸다. 철이 지나도 한참이나 지난 단어이기는 하지만, 좌우지간 점박이는 곧 뽕이가 되었다.

아이들이 약해 보여서 안 선생이 걱정을 많이 하였지만, 다행히도 앵뿅이는 큰 탈 없이 무럭무럭 자라 주었다. 몇 번인가 병원으로 달려가 수액을 맞힌 적은 있었지만 생명에 위협이 갈 정도는 아니었다. 나 자마자 어미를 잃은 아이들치고는 꽤나 건강하게 자랐다고 생각한다. 앵뿅이는 자기네끼리 뛰어놀며 즐거운 어린 시절을 보냈다.

이 시기 아내는 소위 '블랙 펌'을 전전하다 실업 변호사가 되어 있었다. 마지막에 면접을 본 어느 법무법인에서 대표인 남자 변호사에게 "피임을 하고 계시느냐"는 밥 말아먹는 소리까지 들은 아내는 재취업을 완전히 포기한 채 앵뿅이와 뒹굴며 해맑게 웃고 있었다. 나는 괜찮으니 이번 기회에 푹 쉬라며 아내를 격려했지만, 속으로는 심란하기 짝이 없었다. 시간 강의를 하며 저 입들을 먹여 살려야 하는가 하는 생각이 들면 그저 눈앞이 깜깜할 뿐이었다. 내 마음을 아는지 모르는지, 앵뿅이와 아내는 한없이 밝고 천진난만했다.

출근 시간을 칼같이 지키던 처제는 앵뿅이랑 노느라 지각 대장이 되었다. "으악, 또 지각이다."를 외치는 처제의 목소리는 우습게도 무척이나 즐겁게 들렸다. 처제는 칼출근 대신 칼퇴근을 하기 시작했다. 이 때문은 아니지만, 임원 예비 교육까지 제안받을 정도로 우수한 업무능력을 인정받았던 처제는 얼마 지나지 않아 회사를 그만두었다. 처제로서도 출퇴근에 시달리는 것보다는 아이들과 뒹구는 편이 더 좋았던 모양이다.

애뿅이는 밤 동안 쥐 죽은 듯 잠들어 있다가, 아내와 처제가 잠이 깨어 뒤척이면 금세 알아듣고는 조그맣게 칭얼거리기 시작했다. 아직 각막의 하얀 막이 걷히지 않아 채 눈을 뜨기 전이었기 때문에 귀가 아주 밝았던 모양이다. 아내는 잠든 나를 깨워 애뿅이에게 밥을 먹였다. 나는 졸린 눈을 비비며 분유를 데웠다. 눈부신 가을 햇살 같은 나날이었다.

애뿅이를 본 빤이는 너무나도 싫었는지 얼굴을 일그러뜨려 못난 표정을 지었다. 애뿅이가 접종 전이었던지라 나는 한동안 울타리를 쳐서 애뿅이와 빤이를 분리해 놓았는데, 빤이는 구태여 울타리 앞까지 와서 예의 일그러진 얼굴로 우두커니 서 있곤 하였다. 그나마 내가 애뿅이에게 특별한 관심을 기울이지 않았고, 밥 주고 똥 치우는 일 외에는 무심했기 때문에 빤이도 마구 일탈하지는 않았다. 그러나 애뿅이가 싫은 기색만은 여전했다.

길냥이답지 않게 고고하고 품위 있는 빤이와는 달리, 애뿅이는 길냥이 그 자체였고 누가 보아도 코숏이었다. 아내는 빤이에게 품종묘 유전자가 많이 섞여 있다고 믿어서 나에게도 빤이를 코숏이라 부르지

못하게 하였다. 그런 아내도 앵뿡이는 서슴없이 코숏이라 부르며 엄지
손가락을 치켜세우는 것이었다. 아내는 애정을 담은 목소리로 앵뿡이
를 "몽냥이"라 불렀다.

　나는 앵뿡이에게 이태원 출신임을 상기시켜 주면서 의젓하게 행동
할 것을 요구해 보았지만 소용없는 일이었다. 녀석들 성격이라면 설사
내 말을 알아들었다 한들 꿈쩍도 하지 않았을 것이다. 앵이는 수틀리
면 침대 위에 오줌을 팡팡 싸는 녀석이 되었고, 뿡이는 틈만 나면 밥을
먹어대는 뚱뚱이가 되었다.

(2) 맘마 먹고
응아 싸자

앵뽕이는 초유 대체품을 먹으며 자랐다. 후르츠 칵테일 통보다 약간 큰 철제 깡통에 들어 있는 분유로, 당시로서는 거의 유일한 고양이 초유 제품이었다. 미국에서 직접 수입되어 왔고, 나는 분량을 조절하기 위해 영어로 된 설명서와 씨름하였다.

그것은 지금 기준으로도 훌륭한 제품이지만, 자연산 초유를 완벽하게 대체하기는 어려웠던 모양이다. 앵뽕이는 밥을 충분히 먹고도 쑥쑥 크지 못한 채 조그맣게 자라났고, 또 허약하였다. 뽕이는 영양 부족 증상을 보여 시름시름 앓았다. 안홍재 선생은 뽕이를 나무라며 뽕이만큼 자그마한 수액을 놓아주었다.

나중에 집 근처의 병원에서 진료를 받기 위해 안 선생에게 뽕이의 진료기록을 요청했더니, 이 시기의 차트에 "뽕이의 상태가 걱정된다"며 "ㅠㅠ"가 붙어 있었다. 우리도 모르는 사이에 뽕이는 위험한 고비를 넘겼던 모양이다. 이제야 생각해 보면 안 선생은 늘 무표정에 가까워서 우리가 안 선생의 심각한 설명을 제대로 알아듣지 못했던 것인지도 모른다. 아무튼 뽕이가 별일 없이 건강하게 자라나서 다행이다.

아이들의 밥을 만들기 위해서는 물을 끓지 않을 정도로 약간만 데운 뒤 조그만 병에 초유 분말과 섞어 위아래로 흔든다. 손등에 조금 떨어뜨려 온도가 적당한지 확인하고 먹이는데, 이 감각을 익히는 데 오랜 시간이 걸렸다. 분유를 흔들어 섞으면 이미 냄새가 나기 시작하는지 앵뽕이는 소리를 내기 시작했다. 서로 먹겠다고 난리였고, 소리를 내지 못하는 뽕이도 이때만큼은 쥐어짜듯 악을 썼다.

한 아이를 먹이고 있으면 다른 아이가 젖꼭지를 빼앗으려 덤볐고, 나는 밥을 먹이랴 손으로 밀쳐내랴 분주하게 움직였다. 앵이를 먹이고 있으면 뽕이가 달려와 앵이 머리를 먹어댔고, 뽕이를 먹이고 있으면

앵이가 뽕이 머리를 먹었다. 젖병을 두 개 썼다면 덜 혼란스러웠겠지만 내가 두 개를 다 들고 먹일 수는 없었다. 행여라도 체하면 큰일이기 때문이다. 아내와 처제는 아이들을 만지지 못했기 때문에 아무런 도움도 되지 않았다.

배변을 할 때는 물티슈로 똥꼬를 살살 문질러 준다. 어미 고양이가 혀로 핥아서 배변을 유도하는 행위를 흉내 내는 것이다. 앵뽕이는 신나게 배변을 했다. 흥이 난 내가 "어이쿠, 어이쿠"하며 칭찬을 해 주면 녀석들은 몸까지 부르르 떨어가며 잘 쌌다. 아내와 처제는 쓸모없어서 미안하다며 뒤처리를 하였다.

우리는 한동안 앵뽕이가 상자를 벗어나지 못하도록 하였다. 아이들이 너무 작아서 행여나 잃어버리거나 밟아버릴까 봐 우려했던 것이다. 하지만 아이들은 쑥쑥 자라고 다리에 힘도 금방 붙어서 어느새 상자를 타고 기어 올라왔다. 골판지를 덧대어 울타리를 높였지만 그때뿐이었다. 하릴없이 방 안에서라도 마음대로 다니도록 풀어주었다. 밤에는 나오지 못하도록 골판지 뚜껑을 덮어두었다.

뚜껑은 본래 없던 물건인데, 언제인가 아내가 앵이를 다리로 깔아뭉갠 뒤부터 덮기 시작하였다. 소리를 빽 지르는 앵이를 뒤늦게 발견한 아내는 식겁하였다. 죄 없는 나를 두들겨 깨워서 병원으로 달려갔다. 앵이는 한동안 앞발에 깁스를 하였고, 어거적 어거적 붕대를 끌며 기어 다녔다. 처제는 로봇 같다며 "앵보트"라 부르기 시작했다.

골판지 뚜껑은 가벼워서, 아이들은 머리로 디밀고 올라오려 하였다. 그러나 몇 번이고 다시 덮어두자 아이들도 가만히 있으라는 뜻으로 알아들었는지 어둠 속에서 서로 껴안고 새근새근 잠이 들었다. 나중에는 뚜껑이 없어도 불만 끄면 조용해졌다. 다 큰 앵뿡이가 밤에 잠드는 아이들이 된 것은 이때 습관을 붙여주었기 때문인 것 같다. 내가 침대로 가면 아이들도 자기 시작하고, 내가 자지 않고 있으면 아이들도 졸린 눈을 꿈뻑거리며 돌아다닌다. 귀여운 노릇이다.

나는 밥 먹이고 배변시키는 일을 때마다 의무적으로 하였고, '일이 끝났다'는 듯 빤이에게 돌아가 버리곤 하였다. 처제는 아홉 시 이전에 회사로 출근했다. 종일토록, 앵뿡이는 온전히 아내의 차지가 되었다. 아내는 어디선가 알바를 구해 와서 소장이며 답변서 따위를 꾸미기 시작했다. 노트북을 타닥타닥 치고 있으면 앵뿡이가 그 주위를 맴돌거나 일하는 아내 등으로 기어오르거나 더운 바람이 나오는 팬을 끼고 잠에 빠졌다.

아내가 일에 몰두해 있으면 앵뿡이는 여지없이 사고를 쳤다. 앵이는 블라인드 줄을 가지고 놀다가 몸이 엉켜 교수형을 당할 뻔하였다. 뿡이가 낑낑거리는 것을 이상하게 생각한 아내가 눈을 돌리다 앵이를 발견하고는 기겁했다. 학교에서 발제를 하고 있던 나는 다시금 죄 없이 호출되었다. 아내는 훌쩍거리면서 블라인드 줄을 가위로 끊었다.

지금도 우리 집 블라인드에는 줄이 하나도 없다. 바람이 불면 블라인드가 한 장 한 장 분리되어 멋없이 날아다닌다. 나는 춤추는 블라인드가 시끄러워서 너댓 장씩 묶어 클립으로 고정해 두었다. 의젓한 빠이와는 달리, 앵뿡이는 어떤 식으로든 집 안을 엉망으로 만드는 선수였다.

(3) 아이가
뒤바뀌었다!

　타고난 외양 탓에 뽕이는 한동안 남자아이로 오해되었다. 되짚어 보자면 안홍재 선생이 남아라 알려 준 것을 별 의심 없이 그대로 믿었던 것인데, 그렇게 보면 안 선생마저도 뽕이한테 깜빡 속았던 셈이다. 병아리 감별사마냥 아이들 성별을 척척 가려내기에는 특징이 너무 빈약했다. 아무리 해도 '땅콩'을 찾을 수 없었던 내가 한참을 뒤집어 보다 깜짝 놀라 소리를 질렀다.

　"얘 여자애야!"

　뽕이는 그 뒤로도 남자아이 같은 외모와 행동을 몇 년이나 지니고 있다가, 최근 들어서야 좀 여자아이처럼 보이기 시작했다. 그러나 남자아이치고는 늘 앵이한테 밀리는 것이 이상하기는 하였다. 나는 그저 타고나기를 다소 허약한 아이라고만 생각해서, "나중에는 네가 앵이보다 더 커질 거야."라고 말해 주며 뽕이를 위로했다. "그때 맞았던 걸 다 돌려주렴."

앵이는 뽕이를 마구 짓밟으며 다녔고, 밥을 먹을 때도 뽕이는 늘 밀리곤 하였다. 정작 젖꼭지를 입에 물려주어도 허약한 뽕이는 밥이 나오지 않는다며 성질만 낼뿐 잘 빨아먹지도 못했다. 나는 뽕이가 가여워서 밥을 먼저 챙겨 주곤 하였다.

애초 앵이를 더 예뻐하던 아내도 뽕이가 약하다는 것을 알고는 점점 더 관심을 기울이게 되었다. 그런데 앵이가 이것을 의식하는 여러 징후가 보이자 아내는 흠칫 놀라 차별 대우를 그만두었다. 동물이고, 손바닥보다 조그만 녀석들이어서 다소 안일하게 생각했던 모양이다. 아내는 아직도 이 일로 앵이에게 미안해하는데, 사실 앵이에게는 이미 애정결핍 증세가 조금씩 나타나고 있었다.

앵이는 장난감 쥐돌이를 꽉 물고는 으르렁거리며 놓아주지 않았다. 어찌나 사납게 굴었는지 앙 깨문 입 사이로 침이 줄줄 흘러나왔다. 걱정이 된 내가 한참을 지켜보다 쥐돌이를 빼앗곤 하였는데, 앵이는 빼앗기기 싫어서 더욱 고집을 부려댔다. 어릴 때는 '사냥'과 '사냥놀이'를 분간하지 못해서 그러는 일이 종종 있다고 한다. 쥐돌이의 숨통을 끊어놓아야겠다고 마음먹는 듯하다. 하지만 단순히 그 이유 때문만은 아니었을 것이다. 우리는 앵이의 '관종' 특성이 이때부터 생겨나기 시작했다고 믿고 있다.

여하간 이 같은 차이가 있었기 때문에 뽕이는 한동안 막내로 지칭되었다. 사실 누가 언니이고 누가 동생인지는 지금으로서도 알 수 없는 노릇이다. 어미 고양이는 몇 초에서 몇 분의 사이를 두고 앵뽕이를 출산했을 것이고, 어쩌면 거의 동시에 낳았는지도 모른다. 출산 장면을 직접 보지 않고서야 이때의 선후를 이제 와서 알아낼 방법은 없다.

결국 이 문제는 규범적으로 판단할 수밖에 없었다. 막 데려왔을 무렵에는 앵이가 몸집도 조금 더 컸고, 목소리며 행동이며 전반적인 사항들이 뽕이보다 크고 거칠었기 때문에 우리는 앵이를 언니 자리에 앉혔다. 그런데 한동안 뽕이를 마구 때리고 괴롭히던 앵이는 점차 얌전해졌고, 어쩐지 뽕이를 졸졸 따라다니는 모양새가 되었다. 뽕이는 특별히 앵이를 구박하지는 않았으나 무관심했다. 우리는 하는 수 없이 언니와 동생을 뒤바꾸었다.

앵뽕이의 중성화 수술 무렵에 나는 우울증으로 영 상태가 좋지 않았다. 아내가 몇 번 중성화 이야기를 꺼내 보았으나, 나는 베개를 끌어안은 채 짜증만 냈다고 한다. 어쩔 수 없이 아내가 홀로 모든 일을 처리했다. 아내는 앵뽕이를 바리바리 싸들고 병원으로 향했다.

간호사가 "기다리시겠느냐"고 물었고, 아내는 그러겠다고 하기가 미안해서 집으로 돌아오려 했다. 그런데 갔던 길을 되짚어 오자니 어쩐지 눈물이 핑 돌았다고 한다. 코딱지만 한 녀석들이 중성화랍시고 수술을 받는다는 사실도 안타깝고 수술을 대기하느라 병원 바닥에 내팽개쳐져 있는 것도 신경이 쓰였던 모양이다. 아무튼 울보 아내는 그 길로 다시 병원으로 돌아가 반나절을 기다렸다. 수술은 무사히 끝났다.

당시 병원 옆에는 오토바이 매장이 있었다. 이곳 직원이 꽤나 불친절한 사내였던 모양이다. 그는 오토바이 도색을 하다가 우리 차에 타르를 조금 묻혔는데, 미안하다는 말도 없이 툴툴대기만 하였다. 무고한 안 선생이 달려와서 바쁘게 걸레질을 하였다. 큰 문제는 아니어서, 나는 컴파운드를 묻혀 조금 남은 타르를 깨끗이 닦아내었다. 살다 보면 이런저런 일들이 생기게 마련이다. 이 일로 앵뽕이 수술의 액땜을 한 것인지도 모른다.

여러 선택사항이 있었던 자두와는 달리, 앵뽕이가 수술을 받을 때만 하더라도 이렇다 할 옵션이 없었다. 앵뽕이는 특별히 영양제를 맞지도 않았고, 액상 형태의 항생제도 없어 하루 두 번씩 알약을 삼켜야 했다. 냉장고 정수기에서 얼음을 내리면 아이들이 그 소리를 듣고 부리나케 구경을 오곤 했는데, 이날은 둘 다 앓느라 달려오지 못했다. 뽕이는 아팠는지 이를 갈았다. 울보 아내는 슬퍼하였다.

아내가 알약을 내밀자, 앵뽕이는 간식인 줄 알고 날름 받아먹었다. 모양새가 수상하여 냄새만 맡던 한 녀석은 다른 녀석이 꿀꺽 삼키자 질 수 없다는 듯이 얼른 먹었다. 이후로는 둘 다 절대 먹으려 하지 않았기 때문에, 하는 수 없이 내가 입에다 하나씩 넣어주었다. 이때까지만 해도 필건pill gun을 사용하지 않고 손으로 먹였던 것으로 기억하는데, 분명하지는 않다. 아직 어려서 약을 먹이기는 퍽 수월했다.

앵뽕이는 본래 이동장 하나에 같이 들어갔다. 몸집이 커지면서는 모양이 같은 이동장을 하나 더 사서 따로 들어가게 하였는데, 이때부터 앵뿅이는 칭얼거리기 시작했다. 아무래도 혼자 있으려니 불안했던 모양이다. 함께 넣어줄 때는 둘이서 꼭 붙어 서로를 위안하며 얌전히 이동했다. 이동장 입구를 맞대어 서로를 볼 수 있게 해 주니 조금 잠잠해졌다.

앵뿅이는 본래 빤이 뒤를 쫓아다니곤 하였는데, 빤이가 떠나 버리자 뿅이가 큰언니 자리를 차지하고서 누구도 추종하지 않은 채 집 안을 돌아다니고 있다. 빤이를 누구보다 좋아하던 앵이는 아직도 빤이가 보고 싶은지 악을 쓰며 나를 불러댄다. 빤이가 사라져 버린 것처럼 나도 사라질까 봐 염려스러운 듯하다. 막둥이로 들어온 자두는 어린 앵이처럼 언니들을 때리고 다닌다. 이만저만한 하극상이 없다.

(4) 언니가 너무 좋아

본래 앵뿡이를 데려온 까닭은 늘 혼자서만 노는 빤이가 외로워 보였기 때문이었다. 동생이 있으면 함께 뛰어다니며 즐겁게 지낼 수 있으리라 생각했다. 그러나 우리의 선의가 무색하게도 빤이는 앵뿡이를 그리 반기지 않았다. 앵뿡이는 빤이의 영토에 침입한 불청객에 지나지 않았다. 그것도 심지어 두 마리라니……!

돌이켜 보면 어릴 적의 나도 동생이 쭉 없었으면 좋겠다고 생각했던 것 같다. 동생은 장난감과 먹을 것을 나누어 주어야 하고, 그러지 않으면 빽빽대며 떼를 쓰거나 싸움을 걸어오거나 울음을 터뜨리는 귀찮은 존재다. 나이가 들어서야 동생이 하나쯤 있는 것도 나쁘지 않다고 생각하게 되었지만, 서른 살이 다 된 이후의 일이었다. 기껏해야 십여 년 남짓 살아가는 고양이에게 그런 심경의 변화를 기대할 수도 요구할 수도 없는 일이다.

빤이는 온 집 안에 젖비린내를 묻히는 앵뿡이를 째려보며 "때릴까?

아프게 때려 버릴까?" 심각하게 고민하였다. 이럴 때의 빤이는 무척이나 못생긴 얼굴을 하고 있었다. 사람이나 동물이나 마음을 곱게 써야 예뻐지는 것 같다. 그래도 빤이는 본성이 착해서 특별한 불상사는 일어나지 않았다.

사실은 빤이가 혼자 지내는 데 익숙했기 때문에 '합사' 과정을 거쳐야만 했다. 자두를 들일 때는 우리도 어설프게나마 이 절차를 지켰지만, 앵뿅이를 데려올 때만 하더라도 우리는 고양이에 대해 무지하였다. 우리는 그저 병균이 옮을까 하여 격리만을 하였을 뿐, 빤이에게 앵뿅이를 인사시켜야 한다는 생각은 꿈에도 하지 못했다. 빤이가 사람이었다고 생각해 보면 이것은 아주 무례한 행동이다. 고양이가 생각보다 똑똑한 동물이라는 점을 잊으면 안 된다.

그나마 앵뿅이가 빤이를 무척 좋아해서 다행이었다. 고양이는 생후 반년 정도 지나면 영역 활동을 시작하며, 이 시기가 되기 전부터 우호적으로 접촉한 생명체에게는 자연스럽게 익숙함을 느낀다고 한다. 앵뿅이로서는 나자마자 접하여 쭉 알고 지냈던 고양이란 빤이가 유일했으니 편안하게 느낄 만도 했다. 빤이는 앵뿅이에게 전혀 우호적이지 않았지만 앵뿅이에게는 아무래도 상관없었던 모양이다. '성질 더러운 예쁜 언니' 정도의 느낌이었을까.

서재에 머무르던 빤이가 거실로 산책을 시작하면 앵이와 뿅이는 영접할 채비를 하느라 분주해졌다. 온 힘을 다하여 환영의 목소리를 내

고 골골송을 불러댔다. 뿅이는 거실을 굴러다니며 배를 까뒤집었고, 앵이는 빤이 등에 코를 파묻고 열정적으로 냄새를 맡았다. 빤이는 처음에는 하악 대면서 패악을 부렸지만 점차 무심해졌다. 나중에는 앵이가 주변을 맴돌아도 내버려 두는 정도가 되었다. 그래도 앵이가 마냥 자기만 쫓아다니면 귀찮은지 앞발로 머리를 눌러서 밀어냈다.

앵이는 빤이가 하는 행동을 유심히 관찰하고서 꼭 따라해 보곤 하였다. 나이가 든 지금 앵이가 하는 행동을 보면 빤이가 살아 있을 때와 판박이다. 앵이는 빤이의 냥편치를 배워서 뿅이에게 시전했다. 뿅이는 봐주지 않고 반격하였다. 앵이는 곧 시무룩해져서 물러났다.

지금 와서 빤이 사진을 들여다보면 프레임 한쪽 구석에 늘 앵이가 잡혀 있다. 재미있는 일이지만, 다른 한편으로는 미안스럽기도 하다.

합사를 적절히 해 주었더라면 빤이도 앵이에게 좀 더 살갑게 대했을지 모른다. 나중에는 빤이도 앵이와 뿡이를 제법 괜찮은 녀석들이라 생각하게 된 것 같았지만, 그렇게 되기까지는 상당히 오랜 기간이 지나야만 했다.

내 곁으로 와서 몸을 붙이는 행동은 우리 집에서 유일하게 빤이만이 할 수 있었다. 아주 근간에야 앵이가 비로소 내 다리에 몸을 붙이고 잠을 청하기 시작하였다. 또 앵뿡이는 빤이의 왕국이었던 서재에 마음대로 출몰하지 못했다. 어쩌다 한 번씩 들르기는 하였지만 잠시 기웃대다가는 얼른 나가버리곤 했다. 모르긴 해도 빤이 행정부 나름의 규율과 원칙이 있었던 모양이다.

빤이 사후에 앵이는 아빠를 마음껏 좋아할 수 있게 되었다. 사실 앵이는 그전부터 나를 무척 따랐지만, 빤이 왕국에는 "아빠는 큰언니 것"이라는 강력한 원칙이 있었다. 고양이는 집사도 영역의 일부로 인식한다고 하니, 나는 빤이의 영역이었던 셈이다. 앵뿡이는 종종 아내와 내가 있어야 할 자리를 호통치며 알려 주곤 하는데, 이것도 영역 의식의 일부일 것이다.

의도하지는 않았지만, 우리 부부도 빤이 왕국을 유지하는 데 일조하였다. 우리는 당연하다는 듯이 빤이에게 먼저 간식을 주었고, 아이들도 당연하다는 듯이 뒤에서 줄을 선 채 기다렸다. 집사가 고양이들 사이의 서열을 인정하지 않으면 아이들은 곧 혼란에 빠진다. 그렇게 보자면 우리의 처신도 그럭저럭 나쁘지만은 않았던 셈이다.

빤이가 떠나고 빤이 체제가 붕괴한 뒤 우리 집은 한동안 무정부 상태가 되었다. 앵뽕이는 우울증세를 보여, 밥을 먹지 않고 잠을 많이 잤다. 앵이는 하루에 두 차례씩 이불에 오줌을 쌌고, 뽕이는 우리가 보이지 않으면 마구 소리를 쳐서 불러냈다. 강력한 리더가 하루아침에 사라진 데서 빚어진 혼란이었다.

우리가 너무 급히 자두를 데려오는 바람에 상황은 더욱 나빠졌다. 사실은 남은 아이들끼리 서열을 재정비할 시간을 충분히 주어야 했다. 우리는 "언니가 사라져서 앵뽕이가 슬퍼한다"고만 생각했지, 서열의 관점에서는 전혀 생각해 보지 못했던 것이다. 아이들이 슬픔에 빠진 것도 일정 부분은 사실이었겠지만, 그것이 전부는 아니었다. 불청객인 자두가 우리 집을 평정하려 드는 바람에 한동안 자양동 집은 난세가 지속되었다.

자두의 난은 성공하지 못했다. 지금은 뽕이가 대장 노릇을 하고 있는 것 같기는 한데, 빤이만큼 강한 권력을 쥐고 있지는 못한 모양새다. 앵뽕자두는 어슷비슷한 서열을 유지하며 사실상의 무서열 체제로 정착하게 된 것 같다. 자두가 조금 더 크면 다른 행동양식을 보일 수 있기 때문에 앞으로는 어떻게 될지 모르겠다. 그러나 적어도 지금으로서는 세 마리의 냥 집정관이 함께 자양동 집을 뛰어다니며 즐겁게 살아가고 있다.

(5) 쉬 싸는 말썽쟁이

앵이는 아주 어릴 때부터 이불에 오줌을 쌌다. 어느 날 아침인가, 앵이는 바닥에 깔아놓은 담요로 걸어오더니 모두가 지켜보는 가운데 시원하게 소변을 해결하였다. 아내와 처제는 앵이의 엉덩이가 부르르 떨리는 모습을 멍하니 지켜보았다. 앵이는 앞발로 담요를 몇 번 슥슥 긁고는 뽕이와 뛰어놀았다.

고양이는 불만거리가 있으면 집사의 침대나 이불에 방뇨를 한다. 모든 고양이가 그런 것은 아니고, 그런 식으로 항의의 뜻을 전달하는 녀석들이 있다는 뜻이다. 그것은 화장실이 더럽다든가 하는 외부적 요인일 수도 있고, 자신이 아프다든가 하는 내부적 요인일 수도 있다. 불만이 해결되지 않는 동안 소변 테러는 쭉 이어지는데, 뭐가 문제인지 발견할 수 없으면 집사로서는 난감한 노릇이다.

앵이의 경우가 그랬다. 먹거리는 풍부하고 잠자리는 따뜻했다. 처제는 앵이가 아픈 것 아니냐며 걱정했다. 그러나 나중에 잠정적으로 내린 결론에 따르면 앵이는 그냥 이불에 쉬 싸는 것을 좋아하는 아이였다. 오줌이 이불에 사악 스며드는 것이 좋아서 '취미 삼아' 이불에 실례하는 아이들이 제법 있다고 한다. 발바닥이 예민한 아이는 모래를 파기가 싫어서 그런 짓을 벌이기도 한다. 문제는 문제인데, 어떻게 해결해 줄 수가 없다.

아내는 모래가 거친 탓인가 하여 비싼 모래를 사들였다. 별 효험은 없었다. 앵이는 모래가 싫은 것이 아니라 이불이 좋은 것이었다. 그러나 아내는 여전히 비싼 모래를 쓴다. 일단 좋아진 고양이 복지는 절대로 다시 나빠지지 않는다. 나로서는 황당한 노릇이다. 이래서 오줌 테러를 하는구나 싶었다. 그러나 자기가 벌어 자기가 쓰겠다는데 무어라 할 수도 없는 노릇이었다.

앵뽕이를 들이고서 맞은 첫 추석에는 공교롭게도 집이 텅 비게 되었다. 아이들을 버려 둘 수는 없어서 내가 차에 싣고 대구로 데려갔는데, 거기서도 앵이는 오줌을 쌌다. 찬 바람을 막으려고 깔아 준 군용 담요가 푹 젖었다. 깔끔 여왕인 엄마에게 잔소리 폭탄을 맞으리라 걱정하였다. 그러나 할머니가 된 엄마는 코딱지만 한 앵이가 그저 귀여웠는지 아무 말도 하지 않았다. 앵이는 엄마의 몸뻬바지를 타고 오르며 놀다가, 내가 보지 않으면 담요에 쉬를 팡팡 쌌다.

나는 일단 오줌 세례를 피하고 보아야 할 것 같아 방수포를 잔뜩 사들였다. 신혼살림으로 마련한 예쁜 오리나무 침대가 방수포로 뒤덮였다. 나는 매트리스와 베개에 방수 시트를 씌우고, 이불 위에 재차 유아용 방수포를 덮었다. 이것은 대체로 유효하여 앵이의 오줌 세례를 잘 막아주었지만, 가끔 덮는 것을 잊어버리거나 방수포 위치를 잘못 맞추거나 하면 역시 난리가 났다. 날이면 날마다 빨랫감이 생겼고, 죄 없는 세탁기는 중노동을 했다.

앵이는 자기 영역을 잡지 못할 때 침대로 와서 항의를 하곤 했다. 앵이는 늘 '아빠가 있는 침실'을 갖고 싶어 했는데 빤이가 늘 아빠 곁에 있었기 때문에 그럴 수가 없었던 것이다. 앵이는 비어 있는 침실에 오줌을 싸는 것으로 불만을 표현했다. 그래도 빤이는 절대권력이었기 때문에 앵이도 곧 수긍해서 오줌 세례는 그치게 되었다. 수긍하지 않아도 어쩔 수 없었다. 오는 빤이를 내쫓을 수도 없는 노릇이었다.

빤이가 떠난 후에 앵이는 비로소 침실로 올 수 있게 되었다. 그런데 불청객인 막둥이 자두가 침실을 차지하려 들었다. 앵이가 다시 오줌 폭탄을 퍼부었지만 자두는 아랑곳하지 않고 그 위에서 뒹굴며 놀았다. 앵이의 오줌을 싫어하던 빤이와는 다른 패턴이었다. 앵이는 당황하여 더는 쉬를 싸지 않았다. 지금은 앵이도 자두와 친해져서 둘이 함께 침대에서 잘 논다. 모두에게 다행스러운 일이다.

그런 식으로 말을 하고 보니 마치 앵이의 오줌통이 퍽이나 튼튼한 것처럼 여겨지지만, 사실 앵이는 물을 잘 먹지 않는 녀석으로 '감자'도 조그맣다. 그 얼마 되지 않는 오줌을 쥐어짜듯 이불에다가 싸는 것이다. 불만이 가득할 때에는 꾹꾹 참았다가 한바탕 터뜨려놓기도 하지만, 그런 일은 드물었다. 앵이는 오줌발이 약하고 소변량도 적은 아이다.

아내는 앵이의 감자가 작은 것이 걱정되어 물을 먹이려고 여러 차례 시도하였다. 그러나 간식에 물을 타서 주면 거들떠보지도 않았다. 아내는 스틱형의 액상 간식을 먹이면서 주사기를 바른 손에 들고는 물을 조금씩 먹였는데, 이것이 싫었던 아이들은 더 이상 간식을 먹지 않게 되었다. 한편으로 아픈 빤이가 강제 급여를 너무나 싫어하는 모습을 보고 충격받은 아내는 이런 식으로 물을 먹이지 말아야겠다고 생각하게 된 것 같았다.

아내는 어쩔 수 없다는 듯 집 안의 물그릇을 늘리기 시작하였다. 눈에 띄는 곳마다 두면 한 모금이라도 더 먹으리라는 심정이었던 듯하다. 예전에 한 번 아내를 도와주었을 때는 그릇이 다섯 개였는데, 언제인가 다시 세어 보니 열한 개로 늘어나 있었다. 아내는 매일 아침저녁으로 열한 개의 물그릇을 씻고 채우느라 바쁘다. 외출이라도 한 번 하자면 일단 물그릇 열한 개부터 처리해야 하기 때문에, 나는 언제부터인가 "외출은 늦어지는 것"이라고 포기하고 말았다.

그래도 아내의 작전은 어느 정도 유효하여, 앵뽕이는 이전보다 물을 더 많이 먹는다. 물을 먹을 때마다 아내가 열심히 칭찬해 준 덕분에 앵이는 이제 물을 먹을 때마다 아내의 눈치를 보며 칭찬을 기다린다. 아내는 물 마시는 일을 놀이처럼 만들어 주려고 물그릇을 종류별로 갖추고 전동으로 움직이는 여러 종류의 분수대도 마련하였다. 분수대는 몹시 취향을 타기 때문에 곧잘 버려지곤 한다. 내 기억에 이미 대여섯 개는 버려진 것 같다. 자기가 벌어서 자기가 쓰겠다는데 어쩔 수 없다.

요즘 아내는 아이들에게 습식형으로 만들어진 간식을 자주 주려고 시도한다. 그런데 우리 집 야옹이들 취향은 대체로 건식인 데다가, 한 번 맛을 들인 간식이라도 시간이 지나면 싫증을 내기 때문에 쉽지 않은 것 같다. 게다가 앵이는 알러지가 심한 아이다. 수백 가지의 항목이 있는 정밀 알러지 검사에서 절반 이상이 앵이의 알러지 항목이다. 우리는 앵이가 걱정되어 귤도 마음대로 먹지 못한다. 오렌지 껍질을 깔 때면 베란다로 나간다. 간식도 재료를 따져야 하니 마음대로 먹일 수가 없다.

조금씩 나아지고는 있지만, 여전히 앵이는 소변량이 적고 변비도 심하다. 아이들을 여럿 키우다 보면 병치레가 잦은 아이도 하나쯤은 있게 마련인데, 앵이는 정말로 손이 많이 가는 아이다. 그래도 어렵게 구한 간식을 한 번씩 먹어주면 우리 부부는 "그나마 다행"이라며 서로를 위로한다. 그런 간식은 보통 내 맥주보다 비싸다. 그래도 한 입만 먹고는 돌아서기 일쑤다. 나는 앵이가 먹지 않는 유산균을 내가 먹겠다고 했다가 잔소리를 들었다. 거리의 고양이를 생각하면 고양이 세계도 양극화가 심하게 일어나고 있다.

(6) 캣타워가 일곱 개

앵뽕이를 데려온 뒤 첫 원목 캣타워를 장만했다. 당시 원목 캣타워를 판매하는 회사가 두세 곳 정도 있었는데, 튼튼하면서도 합리적인 가격대의 제품은 그리 많지 않았다. 지금은 좋은 캣타워 회사가 많아서 선택지가 넓어졌다.

원목 캣타워는 삼나무 합판으로 만들어져서 피톤치드 냄새가 폴폴 난다. 완전히 분리된 상태로 오기 때문에 일일이 조립을 해 주어야 한다. 대부분을 6밀리미터 육각 볼트로 체결하게끔 되어 있고, 아주 드물게 십자 볼트를 사용하는 부분도 있다. 합판이 꽤나 무거워서 완성하는 데 시간이 걸린다.

이것은 아무래도 내가 해야 하는 일이었다. 세 번째인가 네 번째 캣타워는 아내 혼자 조립을 시도했으나 역시 조금은 어설퍼서 내가 중간에 참견을 해야만 했다. 거실 창가에 놓은 마지막 대형 캣타워를 놓을 때는 아내도 꽤나 익숙해졌다. 아내와 처제가 전적으로 완성하였고,

나는 나사 하나도 조이지 않았다. 그런 것 치고는 제법 튼튼하게 잘 만들어졌다고 생각한다.

나사란 가만히 놓아두면 조금씩 풀리게 마련이다. 아내는 종종 나에게 육각 렌치를 달라고 하여 나사를 조이곤 한다. 아내에게 일일이 설명하지는 않았지만, 사실 캣타워가 나무로 되어 있기 때문에 힘주어 나사를 돌리면 계속 파고 들어가게 마련이다. 그것을 몰랐던 아내는 틈날 때마다 나사를 조여서 결국 합판 한쪽 귀퉁이가 깨어지고 말았다. "네가 너무 조여서 그렇다"고 설명했더니, 아내는 자기를 비난하는 거냐며 울먹거렸다. 나는 한숨을 쉬며 깨진 부분을 퍼티로 수선했다.

첫 번째 캣타워에는 처제가 사 온 모빌 장난감을 달았다. 호두 모양으로 된 것이고, 속이 캣닢으로 채워져 있어서 아이들이 냄새를 맡거나 앞발로 치면서 놀 수 있도록 만들어져 있다. 아이들은 이 장난감을 한동안 신나게 가지고 놀았지만, 얼마 지나지 않아 그냥 매달려 있는 장식품이 되었다. 무슨 장난감을 사 주어도 고양이는 금방 싫증을 낸다. 새 장난감을 사 주면 오 분 정도 관심을 보이고는 박스에 들어가서 잔다.

우리가 늘 바쁜 척을 했던 탓에 앵뽕이는 노는 법을 잊어버린 아이들이 되고 말았다. 빤이의 장난감은 모조리 앵뽕이의 차지가 되었지만, 앵뽕이는 별로 흥미가 없다. 낚싯대를 흔들며 놀아주려 해도 아이들은 멀뚱히 쳐다보기만 할 뿐 덤비질 않는다. 뽕이는 가끔 혼자서 쥐돌이나 머리끈을 공중으로 던지며 논다. 두꺼운 곱창 머리끈을 특히 좋아한다. 이럴 때의 뽕이는 신이 나서 특이한 소리를 내기 때문에 놀고 있다는 것을 금방 알 수 있다.

고양이와 레이저 포인터로 놀아 주는 것은 별로 좋은 생각이 아니다. 지나치게 자극적이고, 아이들이 눈을 버릴 수도 있기 때문이다. 그래도 아이들이 너무 운동 부족이라 생각되면 한 번씩 레이저 포인터를 쏘아서 놀아주기도 한다. 장난감에 반응하지 않던 아이들도 레이저 포인터에는 꺅꺅대면서 덤벼든다. 나의 강의용 레이저 포인터는 흥분한 아이들이 물어뜯어서 넝마가 되었다. 요즘은 강의 나갈 일도 없고 해서 그냥 내버려 두고 있다.

캣타워에는 스크래치 보드가 부착된 미끄럼틀을 하나씩 달아 주었다. 아이들은 저 멀리서 부리나케 달려와 스크래치 보드에 몸을 붙인 채 발톱을 갈곤 한다. 골판지로 된 스크래치 보드도 많지만, 섬유로 된 것은 또 느낌이 다른 모양이다. 아이들은 취향에 구애받지 않은 채 이런저런 스크래치 보드를 번갈아 가며 사용한다.

뽕이는 서울대입구역으로 이사하기 직전에야 그럴듯한 스크래처를 가질 수 있었다. 당시 유행하던 막대형 스크래처를 포함해 두어 가지 스크래치 보드를 사서 놓아주었더니 무척 좋아하며 잘 가지고 놀았다. 막대형 스크래처는 수직으로 곧게 뻗은 기둥 모양이어서 아이들이 몸을 세워 발톱갈이를 할 수 있게 되어 있다. 의자 쿠션을 쥐어뜯던 뽕이는 이후로 가구를 망가뜨리지 않게 되었다. 진작에 사 주었어야 했다는 생각이 든다.

지금 우리 집에는 막대형 스크래처 두 개, 동굴형 스크래치 보드 두 개, 상자형 스크래치 보드 두 개, 일반 스크래치 보드 여섯 개가 있다. 방마다 두어 개씩 널려 있는 셈이다. 그래도 가구를 쥐어뜯지 않으니 그만한 값은 한다고 생각한다. 스크래치 보드는 한쪽이 낡으면 뒤집어서 쓸 수 있기 때문에 지갑에 큰 부담이 되지는 않는다.

두 번째 캣타워를 들여올 때는 밀폐형 화장실을 함께 구매하였다. 화장실은 길쭉한 상자 모양으로, 양쪽에 구멍이 하나씩 있어 변기를 두 개 넣을 수 있게 만들어져 있다. 상자 위에는 캣타워를 올릴 수 있다.

빤이는 이 화장실의 좌우를 오가며 제법 잘 이용하였다. 앵뿡이는 이 화장실을 그리 선호하는 편이 아니지만, 침대 밑으로 도망갈 여유가 없으면 급한 대로 이곳에 숨는다. 가령 내가 약을 들고 나타나면 거실에 있던 앵이가 이 화장실로 달아나는 것이다. 화장실은 여러 방향으로 문을 열 수 있게 되어 있기 때문에, 숨었다고 생각한 앵이는 곧 잡히고 만다.

캣타워란 높은 탑 모양인데, 아무래도 아이들은 높은 곳에서 안전하게 놀아 주지 않는다. 앵이는 꼭대기 콘도의 모서리를 아슬아슬하게 딛고 버티는 놀이를 좋아한다. 자두는 바닥으로 번지점프를 한다. "동물이니까 자기 몸은 알아서 지키겠지."라고 생각하면 오산이다. 고양이는 생각보다 잘 미끄러진다. 캣타워에서 꿈을 꾸고 있다가 잠결에 떨어지기도 한다. 합판을 부둥켜안고 버둥거리는 녀석을 구해 준 일이 한두 번이 아니다.

우리는 아이들이 착지할 만한 곳마다 방석과 쿠션을 사서 깔아놓았다. 아이들이 선호하는 위치에 잘 놓아주지 않으면 피해서 내려오기 때문에 신경을 많이 써야 한다. 이케아에서 산 조립식 발판도 곳곳에 놓여 있다. 조립식 가구는 배달되어 오면 대체로 현관 한쪽에 방치되기 때문에 결국은 보다 못한 내가 뜯어서 조립을 한다. 내가 바쁘면 아내가 "이케아에서 가구가 왔다"는 식으로 넌지시 알려 준다. 그것도 다 사는 재미라고 생각한다.

캣타워가 일곱 개까지 늘어나는 동안 공간은 자연스럽게 미니멀해졌다. 피아노가 놓여 있던 자리를 아내가 자꾸 탐내서 나는 하는 수 없이 피아노를 끌어내어 폐기했는데, 중고 시장에 내놓았다면 몇 푼이라도 받았을 것 같아 늘 아쉽게 생각한다. 그나마 피아노가 있던 자리는 요즘 아이들의 최애 영역이 되었다. 이곳 캣타워에 올라가 있으면 온 집 안이 한눈에 다 보인다. 고양이 집에 얹혀사는 우리는 그런 식으로 늘상 감시당하고 있다.

(7) 더 맛난 것을
내놓아라

앵이는 언젠가부터 입가에 염증이 생기고, 또 발바닥이 퉁퉁 부어서 편하게 걸을 수가 없게 되었다. 스테로이드를 투여하면 잠시 호전되었다가 곧 다시 발현하곤 하였다. 나는 언제까지나 스테로이드를 먹일 수는 없다고 생각했다. 스테로이드는 합성 물질인 주제에 호르몬인 척하는 질 나쁜 녀석이다. 오래 복용하면 진짜 호르몬 체계가 무너져버리고 만다. 살이 오르는 것도 문제였다. 붕 하고 살이 찌면 당장 보기는 귀여웠지만 틀림없이 당뇨 따위가 찾아올 것이었다. 원인을 알아야 했다.

이쯤부터 우리는 노룬산 시장 부근의 조그만 동물병원에 다니고 있었다. 노용우 원장님은 옆집 아저씨처럼 푸근하고 친절한 분이었다. 우리는 오랫동안 원장님 본명을 알지 못해 "노룬산 원장님"으로 칭하게 되었는데, 그것이 그대로 굳어져서 노용우 원장님은 노룬산 원장님이 되었다.

우리는 노룬산 원장님에게 우겨서 알러지 검사를 받았다. 앵이는 피를 많이 뽑았다. 총 108종의 음식물에 대한 알러지 반응 검사에서 절반 이상이 앵이에게 해당하였고, 크게 위험한 항목만 하더라도 수십 가지가 넘었다. 앵이는 렌틸콩과 완두콩에 아주 취약했고, 계란, 참치, 귤 혼합물 따위에 강하게 반응했다. 여러 종류의 집 안 곰팡이와 진드기는 덤이었다.

반응 검사 보고서를 살펴보면, 앵이는 "임상적으로 유의한 수준 이상의 '급성' 및 '지연형' 식이 알러지 반응을 보이는 것으로 확인"된다. 급성 알러지 반응은 igE^{immunoglobulin E, 면역글로불린 E}라는 항체에 의한 것으로, 면역체계가 즉각적으로 반응하는 것이기 때문에 증상도 바로 나타난다. 반면 non-igE에 의한 지연형 알러지 반응은 빨라도 며칠 후에나 증상이 나타나기 때문에, 다른 요인들과 희석되어 원인을 추적하기도 그만큼 어렵다. 앵이는 지연형 알러지 항목이 많아서 관리하기 까다로운 케이스다.

이때부터 앵이의 알러지를 피하기 위한 건식사료 편력이 시작되었다. 늘 먹을 수 있도록 집 안 곳곳에 놓아두는 건식 사료는 앵이에게만 따로 급여할 수 있는 것이 아니기 때문에 모든 아이들의 입맛에 맞아야 했다. 유산균이 들어 있거나 섬유소가 많거나 하여 장운동을 도와주는 사료여야 했다. 정도의 차이는 있지만 아이들 모두 변비에 시달리고 있었다.

아내가 시도한 사료는 로가닉 등급부터 프리미엄 등급까지 내가 기억하는 것만 열 종류가 넘는다. 대부분의 사료에 콩과 계란이 들어가기 때문에 쉬운 일이 아니었다. 하필이면 요즘 들어 렌틸콩 붐이 이는 바람에 더욱 곤란해졌다. 원래 렌틸콩을 사용하지 않던 사료도 갑자기 리뉴얼되면서 렌틸콩이 주원료가 되는 식이다. 그나마 앵이가 알러지 반응 식단을 별로 좋아하지 않아서 다행이었다. 나는 짜장면을 좋아하는데, 먹기만 하면 체한다. 좋아하는 음식을 먹을 수 없다는 것은 무척 짜증 나는 일이다.

이런저런 노력 끝에 앵이의 입가 염증은 더 이상 올라오지 않게 되었다. 그러나 발바닥이 붓는 것만은 여전했다. 앵이는 부어오른 왼발이 아픈지 바닥에 내려놓지 못한 채 늘 들고 있었고, 더 심해지면 절뚝거리며 걷거나 깡충깡충 뛰었다. 나는 안타까워하며 앵이의 발을 주물렀다. 패드는 건조하고 딱딱했다. 사람도 손발이 트고 갈라지면 아프니까 앵이에게도 사람처럼 핸드크림을 발라주면 되지 않을까? 립밤을 손가락에 조금 묻혀서 문질러 주었더니 신통하게도 발을 내려놓기 시작했다.

이후로 우리는 고양이용 발바닥 보습제를 사서 수시로 발라주게 되었다. 대증요법에 지나지 않는다고 생각한다. 앵이의 왼발은 여전히 조금 부어 있는 상태이기 때문이다. 하지만 그렇게라도 앵이가 편하게 지낼 수 있다면 훨씬 다행스러운 일이다. 말했지만, 평생 스테로이드

제제를 먹으며 살 수는 없는 노릇이기 때문이다.

한편, 아내는 앵이의 구강 세균이 알러지 반응을 일으키는 것이 아닐까 의심하였다. 아내는 아이들에게 칫솔질을 해 주지 못하므로, 이는 자연스레 내게 하기 싫은 일을 강요하는 형태가 되었다. 양치질의 효과가 얼마나 큰지는 사실 잘 모르겠다. 그래도 이를 닦는다는 것은 그 자체로 좋은 일이기는 하니까, 생각날 때마다 아이들의 이를 닦아 준다. 앵이를 닦아주고 나면 치약이 조금 남아서 뿡이도 닦아 준다. 자두는 쏜살같이 도망가 버리기 때문에 닦아주기가 쉽지 않다. 자두는 우리 집에서 입 냄새가 가장 고약한 녀석이다.

아이들의 이를 닦아 주면서 어쩐지 나도 입속 세균이 신경 쓰이게 되었다. 요즘 나는 일어나자마자 구강청결제로 입을 헹구고 혀도 청소한다. 느낌인지는 모르겠으나 이후로 잔병치레가 많이 줄어들게 되었다. 본래 환절기마다 감기와 몸살에 시달리곤 하였는데 요즘은 아무렇지도 않다. 꼭 그 때문이라 단정할 수는 없지만, 아무튼 일어나서 입을 관리하는 것은 잠을 깨고 기분을 정화하는 데 도움이 된다. 커피맛도 좋아진다.

아이들의 변비는 여전히 현재 진행형이다. 변비가 심했던 앵이는 암모니아 수치도 높게 올라가서 안홍재 선생과 이재희 원장을 차례차례 방문하여 검진을 받았다. 아내는 아이들에게 유산균을 먹여 보려고 애를 쓰고 있지만 잘되지 않는 모양새다. 그나마 뿡이는 스낵 형태의 유산균을 잘 받아먹는다. 자두도 몇몇 종류의 유산균을 먹는다. 정작 유산균이 필요한 앵이는 입에도 대지 않으려 든다. 간식에 유산균을 조금만 섞어도 귀신같이 알아채고 앞발로 땅을 긁어댄다.

고양이가 밥을 앞에 두고 앞발을 긁는 것은 밥을 파묻는 행동이라고 한다. 기호에 맞지 않는 밥은 폐기물 취급을 하여 땅에 파묻어 버리려는 것이다. 나는 "아껴 뒀다가 나중에 먹으려는 것 아닐까?"라고 말해 보았으나, 완전한 오답이었다. 아이들은 킁킁 냄새를 맡고 바닥을 슥슥 긁은 다음에 부리나케 도망가 버렸다. 그런 식으로 버려진 간식이며 영양제가 몇 트럭 분은 될 것이다.

아내는 아이들 입맛에 맞는 유산균과 습식 사료를 찾기 위해 세상의 모든 고양이 밥을 다 사들이려는 모양새다. 샘플 요량으로 한 봉지씩만 사서 먹여도 어쨌거나 비용이 든다. 한 봉지에 만 원이 넘어가는 것들도 부지기수다. 아빠는 편의점에서 맥주 네 캔을 만 원에 사서 아껴 마시는데 말이다. 아이들이 먹지 않는 것은 수시로 동물 보호 단체에 보낸다.

나는 정 필요하면 캡슐 유산균을 먹이자고 말하지만, 아내는 썩 내키지 않는 모양이다. 유산균을 먹이기 위한 아내의 여정은 계속되고 있다. 오늘도 택배가 산더미처럼 배송되어 온다.

(8) 큰언니와의 이별

 빠이가 떠난 뒤로 앵이는 더 이상 트릴링을 하지 않게 되었다. 앵이는 우리 집에서 유일하게 트릴링을 선보이는 녀석이었는데 그나마도 사라져 버린 것이다. 앵이가 어째서 빠이를 볼 때만 격한 환영의 소리를 내었는지 알 수 없는 일이다. 어쩌면 빠이가 자기에게 무심한 것을 알았기 때문에 부러 더 신뢰의 메시지를 보냈던 것인지도 모르겠다.

 앵뿅이는 젖먹이일 때부터 빠이를 보아 왔는데, 녀석들이 빠이를 어떤 존재로 생각하는지는 늘 미스터리였다. 물론 우리 부부는 빠이를 항상 큰언니로 지칭해 왔다. 하지만 그거야 우리가 마음대로 붙여 준 지위에 불과하다. 고양이가 사람과 같이 자매 관계를 의식하는지도 분명치 않을뿐더러, 설사 그렇다고 한들 아이들이 빠이를 큰언니로 생각했을지 어떨지 알 수 없는 일이다.

 내가 젖을 먹이고 변을 닦아주며 길렀던 탓에, 앵뿅이는 아무래도 나를 어미로 생각하는 것 같다. 고양이의 지각 능력을 생각하면 그럴 수도 있겠다는 생각이 든다. 고양이는 속칭 정신연령이 세 살 정도다. 지능과 의식 수준 따위를 퉁쳐서 대충 말해 보면 그렇다는 뜻일 것이다. 정도의 차이는 있지만 세 살이면 아직 자기의식이 채 발달하기도 전이다. 거울에 비친 영상을 자기 자신으로 해석해낼 정도가 되지 못한다는 이야기다. 그렇다면 나를 큰 고양이쯤으로 받아들이는 것도 과히 이상한 일은 아니다.

그렇지만 앵뿡이가 빤이를 어미로 인식하지 않는 것은 여전히 불가사의한 일이었다. 사실 조건은 거의 다 갖추어져 있었다. 아이들은 눈조차 뜨지 못한 갓난아이였고, 격리를 했다고는 하지만 어설펐기 때문에 문틈으로 빤이 냄새가 솔솔 들어오고 있었다. 아이들의 세상에서 빤이는 유일한 고양이였다. 이쯤 되면 빤이를 엄마라고 오해할 만도 한데, 아이들은 어미에게 보이는 행동을 빤이에게 하지 않았다. 그 행동은 주로 나에게 했다.

빤이는 아마도 우리 집 영역의 대부분을 관장하는 강한 중간 보스로 인식되었을 가능성이 높다고 생각한다. 서열을 따지자면 내가 1위, 빤이가 2위쯤 되었을 것이고, 앵뿡이는 저 멀리 7, 8위쯤에서 엎치락뒤치락하고 있었을 것이다. 아내는 4위 정도 될 것 같고, 처제는, 글쎄, 한 10위쯤? 아무튼 처제는 우리 집안에서 가장 서열이 낮은 생물이다.

빤이가 아프기 시작하면서 앵뿡이는 우리 부부의 관심에서 다소 밀려나게 되었다. 빤이를 간호할 여력이 부족했기 때문에 딴에는 어쩔 수 없었으나, 분명 미안한 일이었다. 앵이와 뽕이는 둘이서 꼭 붙어 다니며 서로를 위로하고, 또 염려스레 언니에게 찾아와 보곤 하였다. 빤이도 병을 앓으면서부터는 앵뽕이에게 그렇게까지 냉랭하게 굴지는 않았다. 빤이가 뼈만 남은 몸으로 거실 산책을 나오면 걱정에 사로잡혀 있던 아이들은 무척 반가워했다.

우리는 생각이 날 때마다 아이들에게 "언니가 많이 아프고 곧 고양이 별로 떠날 것이며 나중에 다시 만날 수 있을 것"이라고 설명해 주려 노력하였다. 아이들이 얼마나 알아들었을지는 알 수 없으나, 아무튼 앵뽕이는 조용하게 앉아서 우리가 하는 말을 듣고 있었다. 빤이를 입원시키고 집으로 돌아온 내가 황폐해진 몸을 소파에 구겨 넣자, 앵이가 오더니 내 팔에 앞발을 지그시 얹었다. 평소 잘하지 않던 행동이었다. 앵이의 그 작은 행동은 지친 나에게 정말 큰 위안이 되었다.

빤이가 세상을 떠났을 때 충분히 인사를 시켜 주지 못했던 탓에 아이들은 한동안 빤이를 찾았다. 빤이가 잠깐 여행을 떠나기라도 한 듯 서재에도 누구 하나 들어오려 하지 않았다. 레슬링과 잡기 놀이를 즐기던 아이들은 더 이상 뛰어다니려 하지 않아서 집 안은 적막해졌다. 앵이와 뽕이는 서로 꼭 붙어 다니면서 그리움을 달래었다.

우리는 앵뽕이를 붙잡아서 건강검진을 받게 하였다. 빤이의 죽음에 충격을 받은 우리가 아무렇게나 저지른 일이었다. 아이들은 아무 이상도 없이 무척 건강했다. 당연한 일이었다. 아직 세 살밖에 되지 않은 아이들이라서 구태여 건강검진을 받을 필요는 없었다. 아이들은 영문도 모른 채 봉변을 당한 셈이다.

지금은 아이들이 빤이를 어떻게 기억하고, 또 어떤 방식으로 생각하고 있을지 모르겠다. 고양이의 기억이란 오감과 결합한 이미지 형태의 인상이라고 한다. 이것은 빤이에 대한 자극이 감각으로 느껴질 경우에야 빤이를 떠올릴 수 있다는 뜻일 터이다. 그렇다면 빤이가 없는 지금, 아이들은 큰언니를 완전히 잊어버린 채 지내고 있는 것일까? 그렇지 않으면 시간이 지난 지금도 기억 속 어딘가에 빤이가 갈무리되어 있는 것일까? 그러다가 한 번씩 꿈에 나타나곤 하는 것일까?

나는 한 번씩 빤이 사진을 꺼내어 아이들에게 보여 주곤 한다. 아이들은 평면에 각인된 사물을 인식하지 못하기 때문에 냄새만 맡아 보고는 곧 돌아서곤 한다. 빤이의 체취가 남아 있기에는 이미 시간이 많이 지나 버렸다. 그러나 나는 여전히 부질없는 기대감을 안고 아이들과 함께 빤이의 사진을 들여다보곤 한다.

(9) 버릇없어도 괜찮아

빤이는 늘 점잖고 품위가 있었다. 뒷다리를 들어 똥꼬를 핥는 모습을 보고 있자면 빤이의 평소 이미지와는 도무지 어울리지 않는다고 생각할 수밖에 없었다. 그에 반해 앵뿡이는 날이 갈수록 발랄해졌다. 도대체 공공질서라는 것을 익히지 못하는 녀석들을 보면서 나는 아무래도 아내가 아이들 버릇을 망쳐 놓은 것이라고 생각했다. 아내는 아이들이 밝게 타고난 것이라고 항변하기는 하지만, 특별히 내 주장에 반박하지는 않는 모양새다.

아이들이 버릇이 없다는 것은 구김살 없이 밝게 자라났다는 한 증거라 생각한다. 사람이라면 문제가 될 수도 있겠지만, 어찌 되었든 고양이가 아닌가. 고양이가 사람 부모를 봉양해야 할 이유도 없고, 낯선 사람들에게 꼭 친절하게 굴어야 할 필요도 없는 것이다. 가끔은 이 녀석들이 우리에게 욕을 내뱉기도 하는 것 같지만, 어차피 우리만 알아들을 수 있는 것이니 상관없다고 생각한다. 아무튼 본성은 착한 녀석들이니까.

앵이와 뽕이는 영역 교육이 바르게 되지 못해서 틈만 나면 우리에게 이리 좀 와 보라고 소리를 지른다. 앵이는 이른 새벽부터 나를 깨우고, 뽕이는 해 뜰 무렵 아내를 깨운다. 나는 어차피 새벽에 일어나니까 상관없다. 아내는 뽕이가 시끄럽게 굴거나 말거나 늦은 아침까지 잘 잔다. 뽕이는 아내의 발치에서 자명종처럼 울어대지만, 아내는 알람이 울리거나 말거나 끌 생각도 하지 않는다. 듣다 못한 내가 뽕이를 안아서 달래 준다. 뽕이가 완전히 지쳐 버릴 때쯤에야 아내는 일어나서 간식을 챙겨 준다.

바쁜 일이 있을 때면 이보다 더한 고역이 없다. 앵이는 아침 열 시 무렵에, 뽕이는 오후 두세 시 무렵에 놀아 줄 것을 요구하는데, 사회생활을 하는 어른들이라면 한창 일에 집중해야 할 시간대. 우리는 암묵적으로 돌아가며 아이들을 달래 주다가, 결국은 아이들의 응석에 더 약한 아내가 전담하여 달래 주는 꼴이 되었다. 아내는 대체로 뽕이 영역인 끝방으로 가서 엎드려 논다. 내가 일을 안 하냐고 물어보면 "뽕이가 울어서 어쩔 수가 없다"고 대답한다.

뽕이는 언제나처럼 웃긴 녀석이다. 빤이가 떠난 뒤로 뽕이는 우리 집의 대장인 것처럼 행세하고 다니는데, 고양이들 사이에 적절히 합의가 된 것처럼 보이지는 않는다. 그러거나 말거나 뽕이는 대장처럼 당당하게 걸어 다니고, 빤이가 그랬던 것처럼 식구들을 모조리 백안시한다. 요즘은 변을 보고서 모래를 덮지도 않는다. 똥을 싸고 나면 냄새가 지독하기 때문에 뽕이는 다시금 냅다 소리를 지른다. 아내는 예뻐하면서 비닐봉지를 들고 가서 똥을 치운다.

기본적으로 착한 녀석이지만, 기분이 틀어지면 인정사정없다. 서열이 낮은 앵이와 처제는 뽕이에게 이미 수백 번 얻어맞았다. 언제인가, 앞발에 감긴 붕대를 풀어주려 할 때는 내게도 어마어마하게 화를 냈다. 뽕이가 휘두른 앞발에 안경이 벗겨져 거실 반대편으로 날아갔다. 겁은 엄청 많아서, 현관 밖으로 조금만 소리가 나도 부리나케 숨어 버린다. 묘한 구석에 잘도 숨어 들어가기 때문에 찾아내려면 고생을 좀 해야 한다. 그런 주제에 여전히 대장 노릇은 하고 싶은 모양이다.

베란다는 대장인 뽕이가 아직 개척하지 못한 구역이다. 틈만 나면 나가 보려고 시도하는데, 물론 잘되지는 않는다. 나는 뽕이를 번쩍 들어서 끌고 나온 다음에 혼을 낸다. 어느 날 우리가 잠시 집을 비운 사이에 뽕이는 처제에게 베란다 문을 좀 열어 보라고 명령하였다. 처제가 알아듣지 못해서 멍하니 서 있자 뽕이는 심하게 화를 내었다. 요즘은 문을 마구 긁어서 여는 법을 터득한 모양이지만, 내가 늘 거실에 있어서 기회가 생기지 않는다.

앵이는 아내랑 닮은 구석이 있는 녀석이다. 정말이지 사정을 보아주지 않는다. 원하는 것은 반드시 쟁취해 내고 만다. 고양이가 목적을 달성하는 수단이란 역시 소리를 지르는 것에 지나지 않지만, 앵이는 젖먹이 때부터 목청이 큰 녀석이었다. 앵이가 마음먹고 소리를 지르기 시작하면 무슨 일에도 집중을 할 수가 없다.

아빠 껌딱지가 된 요즘은 대체로 나를 원한다. 저가 내게 오면 될 터인데 꼭 나를 자기 곁으로 부르기 때문에 무척 곤란하다. 빤이는 늘 알아서 내 옆으로 오곤 했기 때문에 한동안은 앵이의 이런 요구에 익숙해지지 않았다. 불러서 가 보면 딱히 원하는 것도 없다. 자리를 정해서 나를 앉혀 놓은 다음에 자기는 밖으로 나가서 산책을 하거나 다른 아이들이랑 논다. 나는 어쩐지 일도 못 한 채 버려져 있다.

그나마 요즘은 앵이가 거실 소파에 자리를 잡은 덕에 일하기가 한결 편해졌다. 나는 소파 앞에 앉아서 글을 쓴다. 앵이는 등 뒤에서 스토커처럼 나를 구경하거나 잠을 자다가 한 번씩 소리를 질러 나를 부른다. 내가 답하지 않으면 등에 발을 얹어서 기어이 돌아보게 만든다. 나는 물건을 깨뜨리지 않는 것이 어디냐고 생각하면서 앵이를 만져 주며 쉰다. 쉴 때는 앵이에게만 집중해야 한다. 잠시 관심을 다른 데 둘라치면 여지없이 호통을 쳐서 나를 부른다.

아이들의 간식은 아내가 전담하여 챙긴다. 앵뿅이는 아내의 사랑을 가득 받은 덕택에 먹고 싶은 음식만 골라서 먹는 대단한 편식쟁이들이 되었다. 이따금 건강에 좋다는 새로운 간식을 들이밀어 보지만 냄새가 마음에 들지 않으면 입에도 대지 않는다. 아내는 잘 먹는 간식 밑에 먹지 않는 간식을 깔아주는 사술을 써 보지만 곧 발각되고 만다. 기망에 사용된 간식은 잘 먹던 것이라도 기피 대상이 된다. 아내는 백배사죄하며 제발 다시 먹어달라고 사정한다.

이러거나 저리거나 아이들의 표정은 티 없이 해맑고, 꼬리는 늘 하늘을 향하여 곧게 솟아 있다. 우리가 우연히라도 곁을 지날라치면 좋아서 어쩔 줄을 모른다. 하루 종일 붙어 있는 사이인데 무엇이 그리도 반가운지 모를 노릇이다. 가끔은, 약간은 어두운 듯했던 빤이의 표정이 떠올라서 마음이 아프기도 하다. 그러나 그만큼 살아 있는 아이들에게 최선을 다하는 것이 우리가 할 수 있고 또 해야만 하는 일이라 생각한다. 세월은 흐르고, 사랑은 지금 한순간 머물고는 곧 사라져 버리기 때문이다.

3.

삶의
회전목마

(1) 피지 못한 꿈

　빤이를 보낸 이후로 한동안 적막한 생활이 이어졌다. 연초가 되자 아내는 유기묘 정보 공유 앱을 휴대폰에 깔고서 새로 올라온 길냥이 사진을 보여 주곤 하였다. 아무래도 온 가족이 몇 달째 처져 있는 꼴을 도저히 견딜 수가 없었던 모양이다. 그러나 나는 아직 빤이를 더 기억하고 싶다는 이유로 응하지 않았다. 일상을 되찾으려면 시간이 많이 필요하리라는 생각이 들었다. 아내도 특별히 새 아이를 들이고 싶었던 것은 아니었기 때문에 강요하지는 않았다.

　그러나 내 마음은 곧 무너져 내렸다. 1월 중순의 일이었다. 꿈이는 빤이를 너무나 닮은 아이였다. 빤이처럼 고등어 무늬 털을 지닌, 아직 조그마한 여자아이였다. 나는 K 원장님에게 빤이를 받아 안던 그 순간을 아직도 선명히 기억하고 있었다. 꿈이는 그 시절의 빤이처럼 털이 꼬질꼬질했고, 눈은 반짝반짝 선명하게 빛났다. 우리 부부는 유기동물 보호소에서 보내 준 몇 장의 사진을 틈날 때마다 들여다보았다.

꿈이는 보호소 인근의 공장에서 홀로 발견된 아이였다. 공장의 인부들이 예뻐하며 며칠간 돌보아 주었다고 한다. 그러나 공장으로 커다란 화물차가 쉴 새 없이 드나들었고, 날은 매섭도록 차가웠다. 새끼가 버티기에 좋은 환경은 분명 아니었다. 공장 식구들은 조금이라도 더 안전하리라는 생각에 꿈이를 보호소에 맡겼다.

공장 식구들이 꿈이에게 달아 준 방울이 목에서 달랑거렸다. 사람들이 행여나 아이를 보지 못해 다치게 할까 봐 매어주었을 것이었다. 보호소 직원들이 목걸이를 풀어주려 했으나 꿈이가 심하게 반항해서 그냥 놓아두었다고 했다. 나는 집에 데려오면 방울 목걸이부터 풀어주어야 하겠다고 생각했다.

당장 움직일 수 없었던 우리는 발만 굴렀다. 빤이의 죽음으로 크게 충격을 받은 나는 울증 에피소드가 이어져 쉽사리 자리에서 일어나지 못했다. 아내에게는 당장 문서로 처리해야 할 몇 건의 계약이 걸려 있었다. 아내는 우리 부담으로 꿈이에게 건강검진을 받게 해 달라고 보호소에 부탁하였다. 보호소장은 "아이는 건강하다"며 사람 좋게 허허 웃었다.

꿈이는 2019년 1월 16일, 지방의 유기동물보호소에서 사망했다. 그날 꿈이를 데려오려던 우리에게 보호소의 급전이 날아들었다. "어제저녁에 상태가 조금 안 좋았는데, 병원에 데려가기도 전에…… 죄송합니다. 갑작스러운 일이라서 손 쓸 시간도 없었네요."

유기동물보호소는 본질적으로 아이들이 장기간 안식을 취하기에는 적절치 못한 장소다. 예산이며 인원이 턱없이 부족하다. 당장 비바람을 피할 수는 있지만, 겨울바람을 열흘 이상 견디기에는 난방도 방역도 충분치 못했을 것이다.

한편으로 길 잃은 아이들은 끊임없이 보호소로 쏟아져 들어온다. 여기에는 보통 사람들의 어중간한 선의도 문제가 된다. 사람들은 길 잃은 아이를 가까운 보호소에 던지듯 맡겨놓고는 착한 일을 했다고 만족하며 집으로 돌아가는 것이다. 진정으로 아이들이 걱정된다면 차라리 일손을 거들어주거나 돈푼이나 던져놓고 가는 편이 훨씬 이로운 행동이다. 모든 일에는 동전처럼 이면이 있게 마련이다.

이제 와서 보면 우리는 입양 신청을 한 뒤에 일주일가량이나 꿈이를 방치해 두고 있었다. 동물보호소의 현실을 알게 된 지금에서야 그 정도의 기간이면 아이가 급사했어도 이상할 것이 없었다고 생각하게 되었지만, 당시에는 나도 아내도 동물보호소가 안락한 곳이라고 마냥 안일하게만 생각했기에 망연할 따름이었다. 사실 조금만 머리를 굴려 보면 금방 알 수 있는 일이다. 사람도 추위를 피할 곳이 없어서 얼어 죽곤 하는데, 길 잃은 동물에게 무슨 복지를 그리 넉넉하게 제공하겠는가.

우리는 처음에 별이라는 이름을 붙여주었다. 그러나 자꾸만 부르다 보니 어쩐지 슬퍼져서 꿈이로 바꾸어 부르게끔 되었다. 다음 생에라도 피지 못했던 꿈을 행복하게 잘 누리라는 의미를 담았다. 별이라고 부르면 고양이 별로 떠난 아이가 다시는 돌아오지 못할 것처럼만 생각되었다. 아내는 아직도 자신이 저지른 일의 업보라며 마음 아파한다.

그때 우리가 조금만 더 서둘렀더라면 꿈이는 우리 가족이 되어 행복하게 살 수 있었을 것이다. 설사 꿈이에게 타고난 병이 있어서 일찍 생을 마감했다 하더라도 조금은 더 안락한 장소에서 숨을 거둘 수 있었을 것이다. 우리 부부는 가끔 봉은사에 들러 '꿈이 생천'이라 써서 초를 하나씩 올리곤 한다. 생천生天으로 기원하면 환생하여 내세에 다시 만날 수도 있다고 한다. 환생하지 않더라도 영령으로나마 편안하기를 기원할 따름이다.

나는 정사각형 모양으로 꿈이의 액자를 만들었다. 빤이의 액자와 같은 규격이다. 한 생명에게 다가가는 데 전심전력을 기울여야 한다는 것을, 꿈이는 반짝이는 눈빛으로 우리에게 알려 주고 있다.

(2) 아버지는 고양이가 싫다고 하셨어

나는 부모님께 고양이를 안겨 드리려고 호시탐탐 시도하였다. 아버지는 엄포를 놓았다.

"고양이를 데려오면 좁은 방에 가두고 들어가 보지도 않을 거다."

두 마리의 고양이가 무럭무럭 자라고 있는 지금, 아버지의 선언은 전혀 사실이 아니게 되었다. 고양이들은 가장 넓은 방을 차지하였고, 어쩐지 아버지는 그 방에 한 번 들어가면 밖으로 나오지 않게 되었다. 늙으신 아버지가 아이들에게 낚싯대 따위를 흔들어 주는 광경을 상상하노라면 웃음이 비식 스며 나온다.

애초 아버지는 동물에게 별 애정이 없는 분이었다. 아니, 적어도 그렇게 보였다. 나는 아버지가 길고양이를 쫓기 위해 양잿물 따위를 일본식 한옥의 기와에 퍼붓곤 하던 것을 기억하기 때문에, 무리를 해서 고양이를 데려가면 자칫 학대당할지도 모르겠다고 내심 우려하였다. 그런데 한편으로는 또 괜찮을 거라는 막연한 자신감이 있었다. 삼십 년을 보아 온 아버지다. 그래도 엄마를 제외한다면 내가 아버지를 가장 잘 알지 않을까. 논리적인 근거는 별로 없었다.

나는 엄마 핑계를 대면서 고양이를 물색하기 시작했다. 엄마는 애초부터 앵뽕빤이를 퍽이나 예뻐하고 있었다. 한편으로는 손주 대신에 고양이를 안겨 드리려는 계략도 있었다. 결혼 2년 차로 접어들면서 슬슬 출산 이야기가 나오기 시작했다. 나는 아이를 낳아서 기를 생각이 눈곱만치도 없었다. 고양이를 두어 마리 데려다 놓고, 여차하면 "손주처럼 키우쇼."라고 말할 생각이었다. 실제로 나는 지금 그렇게 하고 있다. 모든 일이 계획대로 잘 흘러간다.

많은 고양이를 보았지만, 역시나 안홍재 선생의 손을 거친 아이들이 가장 믿음직했다. 하필이면 그때 안 선생이 보여 준 치즈태비가 굉장한 미묘美猫였다. "여느 때처럼" 여자아이라는 설명에 나는 기뻐하며 치즈태비를 데려왔고, 성의 없이 '치즈'라는 이름을 붙여 주었다. 그러나 뽕이 때와는 반대로, 치즈는 여아가 아니라 남자아이였다. 아닌 게 아니라, 앵이가 사납게 치즈 코를 후려갈길 때 알아보았어야 했다. 호랑이 무늬를 지닌 치즈는 이제 진짜 호랑이처럼 거대해져서 꼬부랑 할머니가 다 된 엄마 등을 타고 다닌다.

두 번째 아이도 역시 안 선생이 소개해 주었다. 샴의 혈통을 타고난 어미가 네 형제인가 다섯 형제인가를 출산하였는데, 반려인이 이들을 다 보살필 형편이 되지 못해서 모두가 다른 반려인을 찾아 뿔뿔이 흩

어지게 된다고 하였다. 안타까운 노릇이었지만 이미 치즈를 데려다 놓았기 때문에 여러 아이를 맡을 수는 없었다. 안 선생에게서 받아 안은 아이는 온몸이 새카맣고 촉촉한 것이 꼭 내셔널지오그래픽 채널에서 보던 새끼 곰 같았다. '곰이'로 부르기로 했다.

서울에서 대구까지 아이들을 수송하는 것도 보통 성가신 일이 아니었다. 나는 며칠 전부터 신경이 쓰여서 머리칼이 다 빠져 버릴 지경이었다. 다행히도 아이들은 고속철을 타고 가는 내내 한마디도 하지 않았다. 빤이나 앵이였다면 아마 한바탕 난리가 났을 것이다. 한두 번 뒤척이면서 칭얼거리기는 했으나, 이동장 문을 조금 열고 손으로 만져 주면 곧 다시 잠들곤 했다. 얌전한 아이들이었다.

천진난만한 치즈와는 달리 곰이는 자묘 우울증을 심하게 앓았다. 곰이는 이미 생후주수가 꽤나 지난 아이라 하였는데, 그동안 어미와 형제들에 대한 애착이 상당히 형성되어 있었던 것이 아닐까 생각되었다. 곰이는 영양 부족 증세까지 보이면서 모두를 걱정케 하였다. 내가 코와 머리를 만져 주면 특별히 거부하지는 않았지만 반갑게 받아들이지도 않았다. 우리는 모두 안타까워했지만 달리 방법이 있는 것도 아니었다. 곰이는 몇 달 동안 밥을 잘 먹지 않고, 반갑게 다가가는 치즈에게도 사납게 굴면서 힘들게 적응하였다. 그나마 치즈가 붙임성이 좋아서 다행이었다.

시간이 지난 지금 곰이는 치즈만큼이나 활기차게 뛰어다닌다. 치즈의 덩치가 워낙 큰 탓에 맞붙을 만한 체급이 전혀 되지 않는데, 곰이는 아랑곳하지 않고 치즈를 쓰러뜨리려고 덤벼든다. 치즈는 어처구니가 없는지 바닥에 벌렁 누워서 들어오라는 듯 기다린다. 이제는 앵뽕이만큼이나 의좋은 남매가 되었다.

미묘였던 치즈는 성장하면서 완전히 역변하였다. 남자아이들은 골격이 굵고 각지게 발달하기 때문에 종종 외모가 달라진다는 것을 그 뒤에야 알게 되었다. 여자아이들만 내리 넷을 키웠던 탓에 남자아이에 대한 감각이 전혀 없었던 것이다. 앵뽕이는 냥편치를 아무리 세게 휘둘러도 솜방망이에 지나지 않지만, 치즈가 휘두르는 펀치에 제대로 얻어맞으면 진짜로 아프다. 치즈는 자기가 크고 강하다는 것을 종종 잊어버리고는 할머니 등에 올라타 애교 같은 것을 부리는데, 보고 있자면 그저 어처구니가 없을 뿐이다.

그래도 두 아이 모두 본성이 착하고 밝아서 심심한 노부부의 삶을 가득 채워주고 있다. 빤이 이후로 우리 집에는 "야옹" 하고 우는 야옹이가 없다. 앵이는 "악악" 소리를 지르고, 뽕이와 곰이는 "아우웅" 하고 운다. 자두는 "삑삑" 내지는 "꺅꺅"거린다. 치즈가 빤이 이후로 유일하게 야옹거리며 운다. 이 역시 큼지막한 덩치와 어울리지 않게도 무척 귀여운 목소리다.

치즈와 곰이는 잠자리 교육이 바르게 되지 못해서 새벽마다 난동을 부린다고 한다. 치즈가 소리를 지르면 침대에서 부스스 일어나 고양이 방으로 가서 눕던 아버지는 요즘 숫제 그곳에 담요를 깔아놓고 잠을 청한다, 라고 전화기 너머의 엄마가 기쁜 목소리로 전했다. 나는 가끔 고양이 안부를 묻는 것으로 부모님 인사를 갈음하고 있다. 아들내미란 다 그런 법이지만 그래도 고양이들 덕에 한 마디라도 더 붙이는 것 아니겠느냐고 스스로를 위안해 본다.

4.
막둥이는
꽃단장을 하고

(1) 열 시간을
달려서

자두는 2018년 12월 5일 안동에서 태어났다. 빤이가 숨을 거둔 지 정확히 한 달 만에 태어난 것이다. 그거야 아무래도 우리 좋을 대로 생각하는 것이지만, 특히 아내에게는 자두가 빤이의 환생이라는 강력한 신념이 있었다. 믿음이라기보다는 희망에 가까울 것이다. 일단 털 색깔부터가 달랐으나, 우리는 어떻게든 빤이와의 공통점을 찾아내려 애썼다. 아무렇거나 찾아내려고만 들면 안 될 것도 없었다.

아내는 포털 사이트 카페에서 자두를 발견했는데, 글쓴이는 작은 사무실에서 근무하는 착한 여직원이었다. 길 잃은 고양이에게 반려인을 찾아주려 했다가 뜻밖에도 고양이가 출산을 하는 바람에 새끼들까지 감당해야 할 처지에 놓여 있었다. 운명의 장난인지 어미냥이에게는 원 반려인이 나타났는데, 새끼들을 거두지는 않겠다고 하여 곤란한 상황이었다. 원 반려인은 친구에게 야옹이를 잠시 맡겨 두었는데, 친구라는 사람이 그새를 못 참고 유기해 버렸다고 한다. 창의적인 절교 방식이 아닐 수 없다.

　당시 어미는 한 살이 채 되지 않았다고 한다. 그야말로 애가 애를 낳은 셈이다. 야옹이는 자기 뜻과 무관하게 낯선 곳에서 길을 잃고 헤매다가 짝짓기까지 했던 모양이다. 남아 둘, 여아 하나를 출산했는데 자두는 막내인 여아였다. 본래 아내가 보았던 인터넷 카페에는 입양 게시글을 올리지 못하게 되어 있었다고 한다. 사정이 딱하여 운영진도 그냥 눈감아 주었던 모양이다.

　본래 우리에게는 남자아이가 배정될 차례였으나, 앵뽕이를 염려한 아내가 사정하여 여아인 자두를 데려오기로 이야기가 되었다. 나는 집안의 성비를 좀 맞추어 주는 것도 나쁘지 않다고 생각하였다. 그러나 아내는 남아인 막둥이가 누나들을 두드려 패고 높은 서열을 차지하는 꼴을 볼 수가 없었던 모양이다. 앵이가 과거 치즈에게 사납게 굴었던 것을 생각해 보면 여자아이를 데려오는 편이 더 안심이 되기는 했다.

　나는 아내를 차에 태우고 안동으로 향했다. 고속도로를 묵묵히 다섯 시간씩이나 내달리는 것은 정말로 지루하고 힘든 일이다. 그런 식으로 왕복 운전을 하고 나면 다음 날에는 반드시 몸살이 나고 만다. 나는 스무 살 무렵에 한 번 경부고속도로를 타고 대구로 가 본 뒤로는 두 번 다시 운전해서 고속도로를 타지는 않으리라 다짐했는데, 어쩐지 고양이들마다 한 번씩은 고속도로 구경을 시켜 준 것 같다. 고양이가 상전이니 어쩔 수가 없다.

자두를 소개해 준 이는 우리에게 잠시 들어와 차라도 들 것을 권했으나, 나는 오랜 운전으로 피곤하기도 하고 여성 혼자 사는 집에 불쑥 쳐들어가기도 민망하여 거절하였다. 그러자 그는 자두를 안고 아파트 주차장까지 내려와서 우리를 맞아주었다. 몇 가지 선물을 교환하고 우리는 곧 떠날 채비를 했다. 여직원은 "어미냥이 집사님 형편이 어렵다"며 안타까워했다. 아내는 요즘도 그 여직원과 간간이 문자를 주고받으며 자두 안부를 전하는 듯하다.

자두를 이동장에 태우기 전에, 우리 부부는 차의 시동을 끄고 잠시 자두와 반갑게 인사를 나누었다. 어린 자두는 낯가림도 없이 내 몸을 부여잡은 채 타고 오르며 놀기 시작했다. 아가냥이들은 하나같이 어쩜 그렇게도 사랑스러운지. 사람들 눈을 홀려서 정보를 수집하는 우주 스파이라는 우스갯소리가 괜히 나온 것이 아니다.

올라오는 중에 자두는 멀미를 하였다. 설사를 하고는 이동장 밖으로 꺼내 달라고 아우성이었다. 우리는 긴 여정 동안 자두가 불편할까 봐 큰 옷상자에 화장실을 넣어 이동장처럼 꾸며 주었는데, 자두가 그마저도 싫다고 하여 아내는 크게 당황하였다. 아직 어린아이라서 밖으로 꺼내 주면 차 안을 위험하게 돌아다닐 것 같아 걱정한 것이다. 그러나 우습게도 밖으로 나온 자두는 평온을 되찾았다. 이동장 위에 얌전히 앉아서 평화로이 바깥 풍경을 감상하였다. 추측건대 자두는 자기가 싼 똥과 한 공간에 들어 있는 것이 영 싫었던 듯하다.

이후 자두는 서울에 와서도 한동안은 이동할 때마다 멀미를 했다. 자두의 멀미에는 늘 설사가 동반되었기 때문에, 나는 똥냥이를 입양한 것이나 아닐까 염려하였다. 한 번 이동하려면 모두가 마음의 준비를 단단히 하여야 했다. 자두의 설사로 엉망이 된 이동장은 곧 폐기되었다. 다행히 몇 달 뒤부터 멀미는 가라앉았다. 요즘은 셋 중에서 가장 얌전하게 병원을 다닌다.

　나는 다시 다섯 시간을 달려서 마포로 향했다. 자두가 첫 접종을 하기 전까지는 처제가 임시 보호를 해 주기로 되어 있었다. 약속된 일인데, 자두를 맡겨 놓고 돌아서려니 적지 않게 섭섭했다. 열 시간 동안 중노동 한 대가를 한꺼번에 잃어버린 기분이었다. 그러나 처제가 무척 기뻐하였고 무덤덤해 보이던 동서도 좋아라 했기 때문에, 나는 좋은 게 좋은 거라고 생각하였다.

집으로 돌아온 아내는 강제로 내 옷을 벗겨 냈다. 자두가 접종 전이라 처제에게 맡겨 두고 온 것인데, 자두의 분비물이 묻은 옷을 입고 들어가면 그런 노력이 모두 허사가 된다는 것이다. 앵뿅이에게 미지의 바이러스가 옮을지도 모른다는 구박을 받으며, 나는 현관에서부터 알몸이 되어 샤워실로 밀어 넣어졌다. 다 맞는 말이라 무어라 반박할 구석도 없었다. 안동으로의 여정은 그런 식으로 마무리되고 있었다.

(2) 내 이름을 불러 줘

원래 자두의 이름은 낑깡이었다. 낑깡은 금귤의 일본식 발음인데, 경상도에서는 여전히 이런 식으로 부르는 지역이 많다. 다른 두 오빠의 이름은 홍시와 라봉이었다. 라봉은 한라봉에서 온 이름인 듯하다. 셋 다 치즈태비로 노란 털을 지니고 있었기 때문에 그런 식으로 이름을 붙여 준 모양이다.

낑깡이라는 이름도 촌스러운 것이 나름 우리 집 이름 트렌드에 부합하는 것 같기는 했지만, 우리 부부의 감성에 맞게끔 개명해 주기로 하였다. 본래는 앵뽕빤이처럼 외자로 지을 생각이었으나 아무리 해도 어울리는 이름이 떠오르지 않아 결국 자두로 결정하게 되었다. 아내가 텔레비전 만화 시리즈의 자두 캐릭터를 좋아하기도 했고, 우리 자두의 하이텐션이 그 캐릭터와도 잘 맞아떨어지는 듯 보였다.

하이텐션 이야기를 해 보자. 자두는 정말이지 텐션이 높은 아이다. 앵뽕이도 젖먹이 시절 그런 때가 있기는 했지만 곧 얌전해졌는데, 자두는 두 살이 된 지금까지도 짱짱하게 높은 텐션을 유지하고 있다. 자두가 돌진해오면 앵뿅이는 놀라서 주춤 물러서곤 한다. 자두를 데려올 때 오빠도 같이 데려왔으면 좋았을 것이다. 입양 당시에는 "홍시랑 낑깡이랑 유난히 사이가 좋다"는 말을 듣고서도 네 마리를 어떻게 키우겠느냐며 손사래를 쳤다. 합리적인 판단이었지만, 아내는 여전히 조금 아쉬워한다.

"낑깡이는 혼자 잘 노는 타입"으로 "뭔가 혼자서 꽁냥거리다가 갑자기 안겨서는 애교 부리고 갑자기 훅 떠나고" 하는 식으로 "밀당하는 타입"이라고 한다. 지금 와서 가만히 살펴보면 그게 다 자기 텐션을 주체하지 못해서 벌어지는 일이다. 요즘도 내가 지나가면 자두는 지레 도망가서 숨는다. 나는 생각도 없는데 저 혼자 나랑 열심히 놀고 있는 것이다. 침대 위에서 만져 주어도 곧 다른 일을 찾아 떠나 버리곤 한다. 다만 고양이답지 않게 앞발을 잡아주면 좋아하면서 가만히 있는다.

처제는 자두의 하이텐션 덕택에 한 달 동안 즐거운 고생을 하였다. 내가 방묘문을 사서 설치해 주었지만, 자두는 워낙 조그매서 철창 사이를 비집고 빠져나왔다. 집어넣어도 자꾸만 나오려 들었기 때문에 결국 박스를 뜯어서 가림막으로 붙이게끔 되었다. 아래를 막으면 위로 뛰어올랐다. 텐션이 높은 자두는 방묘문을 철봉처럼 붙잡고 기어올라서 기어이 바깥으로 나오곤 했다. 처제의 방묘문에는 골판지가 덕지덕지 붙어서 흉하게 되었다. 방묘문 그 자체는 완전히 무쓸모였다.

우리 집에는 1미터 정도 되는 높이의 방묘문이 중문처럼 설치되어 있었다. 앵뿡빤이만 있을 때는 그 정도로도 충분하였다. 아이들은 방묘문 앞으로 와서 높이를 슥 가늠해보고는 앞발을 핥으며 돌아서곤 했다. 자두는 다짜고짜 뛰어올랐다. 한 번에 넘어가지는 못했지만, 예의 철봉 기술로 타오르곤 했다. 나는 하는 수 없이 50센티미터 정도 더 높은 방묘문을 어렵게 구해 설치하였다. 우리 집 인테리어는 더욱 형편 없어지게 되었다. 그 후로도 자두는 호시탐탐 방묘문 건너편을 노리다가, 요즘 와서야 조금 시들해진 모양새다.

텐션이 높은 자두는 혼자 방에 남아 있는 것을 무척이나 싫어하였다. 앵이만큼이나 큰 성량으로 소리 높여 처제를 불렀다. 처제는 거의 종일토록 자두 곁에 감금되었다. 우습게도 동서 역시 혼자 방에 남아 있는 것을 싫어하였다. 처제는 하는 수 없이 밤이 되면 자두를 재워 놓고 살그머니 빠져나왔다. 나중에는 자두도 "밤에는 혼자 있어야 하는 것"이라고 판단했는지 어두워지면 더 이상 울지 않았다. 처제는 아직도 이 일로 자두에게 미안해한다.

그런 식으로, 자두와 동서는 다소 묘한 경쟁 관계였다고 생각한다. 아침이 되어 자두가 울어대면 동서는 방묘문 앞으로 다가가서 굵은 목소리로 "시끄러워!"라고 소리치며 두 팔을 고릴라처럼 번쩍 들었다. 처제가 알려준 대로 비슷한 자세를 취해 보았으나, 동서가 대체 왜 팔을 들어 올리는 따위의 행위를 하는 것인지 도무지 알 도리가 없었다. 자두가 특별히 조용해지는 것도 아니었다고 한다. 나는 시험 삼아 아내에게 같은 자세를 시전해 보았다. 아내는 기뻐하며 시끄럽게 웃어댔다.

그러나 동서가 자두를 미워하는 것은 아니었다. 아마 동서도 고양이와 생활해 보기는 자두가 처음이라, 자두를 어떻게 대해야 하고 자두와 어떻게 관계를 맺을지에 대한 감각이 전혀 없었을 것이다. 우리가 보기에 다소 이상했던 동서의 행동은 자두와 친해지기 위한 나름의 시도가 아니었을까 생각한다. 실제로 자두는 동서와도 많이 친해져서 배 위에 올라가 숙면을 취하기도 하였다. 자두가 우리 집으로 온 뒤, 동서는 한동안 자두를 무척 보고 싶어 하였다.

텐션이 높은 자두는 잠드는 시간을 빼고는 하루 종일 놀아 주어야 했다. 처제는 당시 웹툰에 푹 빠져 있어서 한 손에는 휴대폰을 들고 다른 한 손으로 성의 없이 낚싯대를 흔들어 주곤 했다고 한다. 자두는 관심을 올바로 받지 못하는 것이 싫어서 휴대폰을 때리고 깨물었다. 처제가 기겁하여 달래면 이번에는 처제를 물어댔다. 나중에 처제는 "그럴 때는 옷을 물게 해 주면 덜 아프다"며 소매를 내려 보였다. 당연한 말이지만, 그렇게 하면 안 된다. 우리 부부는 자두의 깨무는 습관을 교정하느라 한동안 고생을 하였다.

자두를 데려온 뒤, 나는 어쩐지 자두를 '뚜자'로 부르기 시작하였다. 아내도 따라 하다가 급기야는 '뚜'가 되었다. 텐션이 높은 자두에게 어울리는 별명이라고 생각한다. 앵뿅뚜도 나름 괜찮은 조합인 것 같다.

아내는 나에게 아예 개명을 해 주라고 말했지만, 왠지 장난치는 기분이어서 그렇게까지 하지는 않았다. 그러나 나는 여전히 "뚜야"라고 자두를 부르고, 자두는 꺅꺅거리며 대답을 한다.

(3) 언니들과의 만남

자두는 2차 접종까지 마친 이후에 자양동 집으로 옮겨 왔다. 안동 출신의 이 똥냥이는 안홍재 선생의 사랑을 듬뿍 받았다. 안 선생은 자두를 들어 올리며 "얘도 이제 팔자가 폈네요."라고 중얼거렸다. 멀미에 설사에 자기 똥까지 몸에 묻힌 자두는 얼이 빠진 채로 안 선생의 손길에 몸을 내맡겼다. 아주 어릴 때부터 사람 많은 사무실에서 자랐던 자두는 사람들의 손길을 자연스럽게 받아들였다.

우리 부부는 자두가 오기 전부터 채비를 단단히 하고 있었다. 코호트 격리까지는 아니어도 방문 하나 정도는 달아야 하지 않을까, 라고 내가 말해 보았으나 부질없는 시도였다. 아이들이 방 사이로 돌아다니는 것을 좋아한다고 생각하는 아내는 오래전부터 방문을 모조리 열어 놓고 있었다. 아내가 울상을 지었기 때문에 나는 별수 없이 다른 격리 방안을 찾아보아야 했다. 아내가 인터넷 상점 어디선가 찾아낸 비닐 벽을 쌓아주기로 하였다.

비닐 벽이라는 것은 두꺼운 폴리프로필렌 재질로 만들어진 가림막인데, 일정한 정사각형 크기의 패널로 만들어져 있어서 레고처럼 조립하여 층을 쌓거나 옆으로 무한정 늘릴 수 있게끔 되어 있었다. 투명 PP이기 때문에 벽을 사이에 두고 안팎을 볼 수 있다. 격리는 하되, 동시에 야옹이들끼리 인사도 하게끔 만들어 주어야 했기 때문에 제법 괜찮은 선택지로 생각되었다.

고양이는 이른바 '영역 동물'이다. 이것은 고양이 세계의 스타벅스에 다른 동네의 고양이가 카페라테를 주문하러 들어오면 이미 자리에 앉아 있던 터줏대감들에게 심하게 쥐어 터질 수 있다는 이야기다. 고양이도 사람처럼 나이가 들수록 보수화되기 때문에, 새 친구를 소개해 줄 생각이 있다면 한 살이라도 어릴 때 하는 편이 현명하다. 앵뿡이도 이미 세 살이었다. 젊다면 젊은 나이지만, 자양동 집을 자기들 것인 마냥 점령하고 있었기 때문에 새로운 고양이의 등장을 어떻게 받아들일지는 미지수였다.

잘 알려져 있는 모범적인 합사 과정은 이렇다. 처음에는 서로 거리를 둔 채 모습만을 볼 수 있도록 해 준다. 그리고 점점 거리를 좁히면서 서로의 냄새를 맡을 수 있도록 체취를 묻힌 장난감 따위를 교환해 준다. 나중에는 서로 마주 보며 간식 따위를 먹게 해 줌으로써 "저 아이를 보면 기분 좋은 일이 생긴다"는 식의 이미지를 만들어 준다. 각자에게 긍정적인 이미지가 형성되면 격리를 풀고 서로 만나게 해 준다.

살면서 뜻대로 되는 일이 얼마나 있겠나마는, 자두는 정말이지 예상대로 움직여 주지 않는 녀석이었다. 자두는 비닐 벽으로 차단된 공간에서 하루 정도 참아 주었으나 곧 나가겠다고 난리를 쳤다. 소동이 벌어지는 와중에 자두는 탈출하여 앵뽕이와 맞닥뜨렸다. 이미 합사의 1단계가 무너지고 있었다. 우리는 하는 수 없이 비닐 벽 한 세트를 더 사서 격리동 면적을 넓히고 높이도 올렸다.

앵뽕이는 자주 놀러 와서 코를 벌름거리며 냄새를 맡고 관심을 보였다. 특별히 자두를 경계하는 것처럼 보이지는 않았다. 뽕이는 언제나처럼 약간 겁을 먹었지만 곧 괜찮아졌고, 앵이는 자두를 인사시켜 달라고 우리를 보며 앙앙거렸다. 자두가 비닐 벽 가까이로 오면 벌러덩 드러누우며 배를 보이곤 했다.

우리는 합사 2단계를 무시하고 비닐 벽의 문을 열어서 앵이를 들어오도록 해 주었다. 앵이는 격리동을 한참 탐색하며 냄새를 맡았지만, 막상 자두가 가까이 다가오면 무서운지 얼른 나가곤 했다. 그러면서도 문을 닫으면 또 들여보내 달라고 나를 보며 앙앙 울었다. 나는 어쩌라는 거냐고 생각하면서도 앵이와 자두가 빨리 친해질 수 있을까 싶어 앵이가 보챌 때마다 문을 열어서 들여보내 주곤 하였다.

마음의 준비가 되지 않은 것은 오히려 자두 쪽이었다. 앵이가 다가오면 부리나케 구석으로 달아나 버렸다. 하악질을 하지 않는 것은 다행이었지만, 자꾸만 냥펀치로 가격하려 들었다. 나는 자두가 앵이에게 공격성을 보이는 것인지 단순히 경계하고 있는 것인지 알 수 없어서 기대 반 걱정 반으로 관망하곤 하였다. 이제 와서 생각해 보면 그냥 합사 과정이 엉망진창이어서 자두가 당황하고 있었던 것이었다. 앵뽕이가 담담한 것이 오히려 지금 생각하면 이상한 일이었다.

자두가 워낙에 갇혀 있는 것을 싫어했던 통에 격리는 그리 오래 이어지지 못했다. 당연히도 우리의 합사는 동물행동학적 관점에서 보자면 빵점에 가까웠다. 이러거나 저러거나 지금은 모두가 평온하고 행복하게 잘 지내고 있으니까 다행이라 생각한다. 어디까지나 결과론적인 이야기지만, 세상만사 분석적 관점으로 평가해가면서 살아갈 수는 없는 노릇이라 생각한다. 그런 사람들은 대체로 좀 피곤하게 사는 경향이 있다.

나는 비닐 벽에 '앵구 똥개', '똥싸개 자두', '빤이 바보' 따위를 끄적여 놓았다. 아내가 그 낙서를 좋아하여 비닐 벽은 한동안 서재에 그대로 남아 있게 되었다. 나는 비닐 벽을 뜯어서 터널 모양으로 다시 조립하였고, 아이들은 좋아하면서 비닐 터널을 오가며 사냥놀이를 하였다. 나는 빤이가 있었다면 자두가 출현했어도 금방 질서가 잡혔을 것이라 생각하며 씁쓸하게 아이들이 노는 장면을 지켜보았다.

(4) 헤드락을 걸자

텐션이 높은 자두는 말썽을 부린다. 자양동 집에 갓 들어올 때부터 지금까지, 하루라도 건너뛰면 아쉽다는 식으로 매일 한두 가지씩은 걱정거리를 안겨 주곤 했다. 초기에는 주로 언니들을 공격하는 것이 문젯거리였다. 이미 아주 어릴 때부터 오빠들이랑 심하게 몸싸움을 하며 노는 데 익숙했다고 한다. 역시나 홍시가 같이 왔으면 좋았으리라는 생각이 든다. 물론 자두도 착한 녀석이다. "우리 애가 심성은 착한데" 할 때의 느낌으로는 말이다.

자두를 들이고 나서야 나는 젖먹이 시절의 앵뿡이가 무척 바지런히도 뛰어다녔다는 사실을 상기해냈다. 빤이는 어땠는지 모르겠다. 물론 빤이라고 해서 유독 별난 고양이는 아니었으니까 어릴 때는 열심히 뛰어다녔을 것이다. 빤이의 어린 시절은 기억이 잘 나지 않는다. 학원 일을 하느라 종일 바빴고, 내 마음에는 무거운 문이 빗장을 가로지르고 있었다. 새벽 네 시의 신림동처럼 어둡고 적막한, 내리막 없는 언덕

같던 시기였다. 내 기억 속의 빤이는 늘 무언가를 안다는 눈빛으로 네 다리를 오므린 채 고요히 앉아 나를 바라보고 있었다.

아버지의 표현에 따르면 "몹시도 사부작대넌" 앵뿌이는 두 살쯤 되던 무렵부터 의젓해지기 시작했다. 빤이의 투병과 죽음을 겪으면서 다소 조숙해진 측면이 있었을 것이다. 하지만 자두도 이미 두 살이 넘었는데……? 글쎄, 세 살로 넘어가는 무렵에 한 번쯤 더 성격이 바뀌기는 하니까 좀 기다려 보는 수밖에. 평생을 높은 텐션으로 사는 고양이라면 그것도 걱정스러운 노릇이다.

격리에서 풀려난 자두는 언니들을 마구잡이로 사냥하기 시작했다. 특히 앵이가 집중포화를 받았다. 침실을 자기 것으로 만들고 싶은 눈치였다. 앵이는 자두가 좋아서 특별히 반격도 하지 않은 채 당하고만 있다가 시무룩하게 물러나곤 했다. 앵이는 나를 보면서 조그맣게 소리를 내곤 했는데, 내게 도움을 요청하는 듯한 얼굴이었다. 나는 가능한 한 아이들 다툼에 개입하지 않으려 했기 때문에 그저 보고만 있을 수밖에 없었다.

아내는 "오빠가 없을 때면 자두도 앵이에게 싸움을 걸지 않고 잘 논다"고 전해 주었다. 그 말이 사실이라면 자두는 내 관심을 끌기 위해서 그런 행동을 하고 있는 것이었다. 그것이 무리의 우두머리에 대한 일종의 구애 전략이었는지, 단순한 과시 행동이었는지, 또는 자기 영역을 인정받고자 하는 행위였는지 나는 아직도 잘 모르겠다. 여하간 내

가 앵이와 함께 있으면 자두가 꼴사납다는 듯 달려와서 앵이를 공격하
곤 했다.

앵이는 마냥 얻어맞고만 있었다. 틀림없이 앵이도 약골은 아니다.
나는 앵이가 초면의 치즈를 사정없이 후려 팼던 장면을 똑똑히 기억하
고 있다. 실력을 발휘해 자두를 때려주면 될 텐데, 앵이는 그저 불쌍한
소리만 내면서 버티고 있을 뿐이었다. 도망을 가지도 않은 것을 보면
이것은 틀림없이 나에 대한 주장 내지는 일종의 항의 표시였다. 내가
우두머리로서 무언가를 해 주었어야 했다고 생각하지만, 무엇이 적절
한 행동이었는지는 여전히 모르겠다.

자두가 앵이를 부여잡고 공격 행동을 취하면, 우리는 잠시 지켜보
다가 자두를 제지하였다. 처음에는 앵이가 알아서 상황을 해결하도록
내버려 두었다. 이것은 대체로 잘되지 않았기 때문에, 곧 아내가 자두
를 소리로만 불러서 주의를 환기시킨다. 그것이 통하지 않으면 내가
손을 넣어서 둘을 떼어놓았다. 자두를 야단칠 것도 없이, 내가 손으로
앵이 앞을 가로막으면 자두는 기웃거리며 공격할 틈을 찾다가 이내 물
러났다.

자두는 보통 평온하게 쉬고 있는 언니들 뒤로 돌아가서 조용히 헤
드락을 걸었다. 앵뽕이는 깜짝 놀라 피하려 하지만 이미 자두의 마수
가 단단히 뻗어 있는 상태라 어쩔 수 없이 싸움에 휘말리고 만다. 뽕이
는 큰언니답게 으르렁대며 꼬장을 부려서 자두를 쫓아내곤 했다. 레슬

링이고 뭐고 몸을 움직이는 것은 영 귀찮다는 투였다. 그러나 앵이는 한편으로 다가오는 자두와 함께 놀고 싶은 마음도 있는 듯했다. 해서 멍하니 있다가 당하기 일쑤였다.

한번은 침대로 올라온 앵이를 자두가 심하게 공격하였다. 바짝 끌어안고 뒷발을 버둥거리며 도통 놓아주려 하지 않았다. 아내가 자두를 불러대고 앵이는 비명을 질러서 집 안은 곧 소란스럽게 되었다. 둘을 떼어 놓으려 몇 번인가 시도했으나 자두는 어쩐지 악에 받쳐서 앵이를 물고 할퀴었다. 나는 자두를 때리며 완력으로 떼어 놓고는 소리를 지르며 크게 화를 내었다. 자두는 놀랐는지 도망도 가지 않았다. 발라당 드러누운 채 입만 벌리고 있을 뿐이었다.

이 일로 나는 아직도 마음이 쓰인다. 앵이를 다치지 않도록 하려면 어쩔 수 없는 행동이기는 했다. 그러나 자두는 혼이 났다고 생각했는지 이후로 한동안 나만 보면 피해 다녔고, 꼬리도 아래로 축 늘어져 있었다. 강아지는 아이들이 서열을 잘 잡을 수 있도록 반려인이 적절하게 개입해 주어야 한다고 하는데, 고양이의 경우는 어떤지 모르겠다. 강아지의 경우도 '개입'이라고는 하지만 절대 간단한 역할이 아니다. 섣불리 참견하면 오히려 서열이 엉켜서 일대 혼란이 일어나고 만다.

한동안 주눅 들어 지내던 자두는 다시 활기를 되찾았다. 예전만큼은 아니지만, 여전히 언니들 등 뒤에서 헤드락을 건다. 뿡이는 성질을 내며 자두를 후두려 패고, 앵이는 씩씩해져서 자두랑 맞붙어 싸운다.

가끔은 앵이가 이기고 가끔은 자두가 이긴다. 아이들은 승패에 연연하지 않고 뛰어다니며 잘 논다. 자두는 서열 따위야 아무래도 좋다는 듯이 자양동 집을 마음껏 누비고 다닌다.

(5) 콩알만 한 중성화

　고양이의 중성화에 대해서는 논란이 많다. 다소간 철학적인 문제라고 생각한다. 고양이에게 자기 삶에 대한 '결정권'이라는 것이 있다고 한다면야 당연히 존중해 주어야 하겠지만, 그런 권리를 제한 없이 인정하기도 어려운 노릇이다. 고양이는 인간과의 공존에 대해 책임을 지지 않기 때문이다. 그런데 또 한편으로 생각하면 고양이를 구태여 야생에서 끌고 나온 것이 인간이다. 문제는 꼬리에 꼬리를 물고 이어진다.

　"고양이가 인간과의 공존에 대해 책임을 지지 않는다"는 것은, 고양이는 영역 내의 인간이 많든 적든 간에 도무지 번식량을 조절하지 않는다는 뜻이다. 주먹구구로 한 해에 새끼를 두 마리씩만 낳는다고 계산해 보아도 십 년이면 수천 마리로 불어난다. 당연한 일이고, 어쩔 수 없는 일이다. 고양이는 동물이니 본능에 충실할 따름이다. 그러나 대책 없이 불어난 고양이는 자연스레 인간의 생활 영역을 침범해 들어온다.

　길고양이에게는 중성화 후 방사[TNR, Trap-Neuter-Return]를 시행한다. 한쪽 귀

끝을 살짝 잘라내서 중성화한 고양이임을 표시한다. 인간 중심적이고 편의적인 발상이라는 비난을 들을 만하다. 그러나 달리 방법이 있는 것도 아니다. 길고양이를 모조리 포획하여 고양이 섬에 풀어놓을 수 있는 것이 아니라면 어쩔 수 없는 선택이라 생각한다.

길고양이는 그렇다 치고, 집고양이에게도 굳이 중성화를 해 주어야만 할까? 나는 빤이가 아이를 갖고 싶어 하지 않을까 생각하여 중성화 수술을 미루었던 적이 있다. K 원장님은 반대했다. 태어난 아이들이 유기될 것을 우려하였던 것 같다. 마음을 정하지 못하고 있는 동안, 빤이와 나는 괴로운 시간을 보냈다. 빤이는 수시로 발정해서 울어대었다. 자궁이 부어오르면 염증이 생기기도 쉽다. 빤이는 몸이 불편하여 신경이 곤두섰다. 서로에게 힘든 일이었다. 짝짓기를 해 주어도 어차피 발정은 또 찾아온다.

자두의 중성화 수술은 일사천리로 끝났다. 삼십 분이 채 걸리지 않았던 것 같다. 자두는 마취제를 맞고 눈을 뜬 채 잠에 빠졌다. 노룬산 원장님은 떼어 낸 자궁을 손바닥 위에 올려놓고 보여 주었다. 난소랑 시고 매달려 있는 것들이 강낭콩보다 조금 클까 말까 했다. 노룬산 원장님의 큼지막한 손과 대비되었다.

수술하는 동안 고양이를 안은 아주머니가 들어오더니 전화기 너머의 남편인지 남자 친구인지와 격렬하게 다투었다. 다친 길고양이인 모양이었는데 아주머니는 치료를 해 주어야 한다고 우기는 반면 상대편은 비용이 많이 든다며 주저하는 모양이었다. 아주머니는 치료비를 내겠다며 우격다짐으로 전화를 끊었다. 우리는 자두가 나오기를 기다리는 동안 그 장면을 재미나게 감상하였다. 고양이가 좋은 사람을 만나서 다행이라 생각했다.

자두의 투병 환경은 여러 면에서 훌륭했다. 주사로 맞는 항생제가 있었고, 영양제도 비싼 것으로 골랐다. 앵뿅이가 보았다면 좋은 시절이라고 했을 것이다. 빤이는 어땠는지 모르겠다. K 원장님께 하루를 맡겨 입원시켰던 것만 가까스로 기억난다. 서울 S 동물병원은 24시간 운영하는 병원이 아니었기 때문에 수술을 마친 빤이는 어두운 입원실에서 아빠를 애타게 찾았을 것이다. 빤이는 영양제도 맞지 못했다. 아랫배에 붕대를 감은 채 돌아온 빤이는 침대 밑으로 기어들어가서 오랫동안 나오지 않았다.

빤이가 숨을 거두던 날의 기억이 아직도 선명했던 우리 부부는 자두를 유난스레 걱정했다. 자두는 여덟 시간가량 금식을 했는데, 신부전이 올까 염려했던 아내가 간식을 억지로 먹이는 바람에 마취 기운이 풀리지 않은 자두는 먹은 것보다 더 많은 것을 토해 냈다. 당황한 아내는 병원으로 달려가서 수액을 놓아 달라고 우겼다. "앵이랑 뿅이 때는 이렇지 않았나요?" 노룬산 원장님은 어리둥절한 표정을 지었다. 자두 덕분에 앵뿅이도 여덟 시간을 함께 금식했다. 밥이 떨어지는 광경을 한 번도 본 적이 없던 앵뿅이는 당황하여 두런거렸다.

수술 부위가 덧날 수 있기 때문에 핥거나 물어뜯지 못하도록 넥 칼라$^{neck\ collar}$를 씌워 준다. 기존에는 플라스틱으로 된 넥 칼라를 둥글게 말아서 목에 끼우는 방식을 사용했다. 앵뿡이 때만 하더라도 플라스틱 넥 칼라를 써야 했고, 불편했던 아이들은 자꾸만 뒷발을 들어 목을 긁었다. 세대가 자두에게까지 이르는 동안 고양이 세계는 어느새 발전하여 솜을 넣은 면 넥 칼라가 시판되고 있었다. 좋은 세상이었다.

자두는 그나마도 마음에 들지 않아서 난동을 부렸다. 반나절 정도 앓던 자두는 언제 배를 가르고 수술을 했냐는 듯이 캣타워를 오르내렸다. 우리가 잠들면 귀신같이 넥 칼라와 붕대를 풀어 헤친 채 돌아다녔다. 캣타워에 넥 칼라만 덩그러니 남아 있었던 적도 여러 번이다. 자두는 수액을 맞으면서도 끊임없이 돌아다녔기 때문에 처제가 수액 봉투를 들고 자두를 따라다녔다. 아무튼 골치 아픈 녀석이었다. 앵뿡이는 넥 칼라를 두른 채 돌아다니는 자두를 피해서 분주하게 도망 다녔다.

수술 부위를 소독해 주어야 하는데 아내는 여전히 쓸모가 없었다. 아내가 자두를 잡고 있으면 포비돈을 발라 줄 생각이었는데, 아내는 벌벌 떨기만 할 뿐 자두를 붙잡지도 못했다. 자두는 여전히 자그마했고, 아내는 자두 다리가 부러지면 어쩌냐며 한심한 소리나 하고 있었다. 나는 하릴없이 처제를 급하게 불러 자두를 붙잡게 했다. 아내나 처제나 시끄럽기는 마찬가지였으나, 그나마 처제가 아내보다는 조금 나았다.

역시나 동물이라 회복이 빨랐다. 엄청난 속도로 새살이 붙었다. 처제가 짐승 같은 회복력이라며 경이로운 표정을 지었다. 처제는 그새를 못 참고 잠자는 자두를 만졌다가 소스라치게 놀란 자두를 캣타워에서 굴러 떨어지게 만들 뻔했다. 겁먹은 자두는 옷장 뒤로 숨어 들어가서 우엉우엉 울었다.

중성화 이후로 자두는 아주 조금 착해졌다. 넘쳐 나던 호르몬이 조금 안정된 것일까. 이제는 못된 녀석처럼 눈을 치켜뜨고 언니들에게 덤벼들지 않는다. 물론 앵뽕이를 쫓아다니는 건 여전하다. 앵이와 뽕이는 꼬리를 세운 채 분주하게 달아난다. 평화로운 나날이 이어지고 있다.

(6) 우주 최고
겁쟁이

자두는 붙잡으려고만 하면 쏜살같이 도망가 버리기 때문에 무언가를 해 주기가 참 곤란한 녀석이다. 이를 닦거나 발톱을 깎는 따위의 일은 미룰 수가 없기 때문에, 어쩔 수 없이 우리는 때마다 술래잡기를 한다. 아내는 자두가 깊이 잠들어 있을 때 기습적으로 칫솔을 집어넣는다. 나는 화장실에 가는 척 자두를 속여서 낚아 올린다. 그래도 자두는 요리조리 잘도 피해 다닌다.

일단 붙잡히면 얌전하다. 발톱을 깎아 주고 있노라면 미동조차 없어서 마치 인형 발톱을 손질해 주는 기분이다. 아빠나 엄마 품에 안겨 있으면 안전하다는 사실을 잘 아는 것 같다. 그런데도 아빠가 붙잡으려 들면 뭐가 그렇게 무서운지 모를 노릇이다. 어쩌면 대상을 알 수 없는 이 공포심은 사람이나 동물이나 가릴 것 없이 어린아이라면 누구나 지니고 다니는 것인지도 모르겠다.

자두는 어미와 함께 지낼 때조차 달아나기 선수였다. 어미 고양이가 몸을 핥아서 목욕을 시켜주려 할 때마다 싫다며 발버둥을 쳤을 것이라 생각한다. 왜냐하면 어린 자두는 눈곱을 주렁주렁 달고 다니다가 눈병에 걸리고 말았기 때문이다. 자두는 서울로 올라와서도 한동안 눈곱을 붙이고 다니다가, 최근 들어서야 그럴듯하게 떼고 다니기 시작했다. 제대로 세수하는 법을 이제야 익힌 모양이다.

다가가기만 하면 달아나는 행동이 무엇을 의미하는지 알 수 없어서 나는 한동안 고민에 빠졌다. 노는 방식이 특이한 아이인가 추측해 보았으나, 아무래도 그냥 겁이 많은 아이인 것으로 생각되었다. 손님이 오면 앵이는 다가가서 참견하고 뿡이와 자두는 멀찍이 달아난다. 손님이 돌아가면 뿡이가 꼬리를 축 늘어뜨린 채 집 안을 정찰한다. 자두는 코빼기도 비치지 않다가 방문자의 냄새가 사라질 때쯤 기웃거리며 나타난다.

그렇게 생각해 보면 자두가 언니들을 때리고 다니는 것도 다 겁쟁이라서 그런 것이었다. 언니가 다가오면 겁이 나니까 지레 주먹질을 하면서 선빵을 날렸던 것이다. 아직 어렸기 때문에 힘 조절이 되지 않아서 우리 눈에는 공격적으로 보였을 것이었다. 자두가 그저 무서웠을 뿐이라고 생각하면 우리 부부가 자두에게 다소 야박하게 굴었던 측면이 있었다. 힘센 자두가 얌전한 앵뿡이를 괴롭힌다는 식으로만 생각했던 것이다. 우리는 자두를 혼냈고, 풀이 죽은 자두는 더욱 도망쟁이가 되어 갔다.

우리가 냉랭하게 굴자 자두는 애정을 갈구했다. 유난스레 우리를 불러대었고, 밤에는 우리 곁에 꼭 붙어서 체온을 느끼고 싶어 했다. 한 번씩 처제가 집에 들르면 그렇게 반가워할 수가 없었다. 자두는 처제와 하루 종일 놀다가 지쳐서 잠들곤 했다. 우리는 자두가 가엾어서 조금씩 신경을 기울이기 시작했지만, 상처받은 자두의 마음을 달래 주는 데는 오랜 시간이 걸렸다. 그렇지만 언니들을 심하게 공격하면 마냥 두고 볼 수만도 없었기 때문에, 지금 생각해도 어떻게 하는 편이 좋았을지 헤아리기 어려운 노릇이다.

자두는 최근까지도 집 안에서 꼬리를 늘어뜨리고 다녀서 우리를 걱정케 했다. 고양이의 꼬리가 땅으로 처져 있는 것은 두렵거나 자신 없는 감정을 표현하는 것이다. 특별한 일이 없는데도 자기 영역에서 풀죽은 모습으로 다니는 것은 분명 우려스러운 행동이었다. 자두는 입이 조그맣고 처진 모양새여서 더욱 기가 죽어 보였다. 우리는 일상적으로 자두를 칭찬하고, 자두와 오랜 시간을 보내기 위하여 공을 들였다.

우리의 관심을 받고 싶었던 자두는 위험한 행동을 자주 하였다. 주로는 높은 곳에서 뛰어내리거나 비닐봉투 조각 따위를 열심히 물어뜯었다. 비닐 때문에 사고가 날 뻔한 일이 여러 번 있었다. 아무리 보아도 금지된 것임을 분명히 자각하고서 하는 행동이었다. 번번이 혼을 낼 수도 없는 노릇이었기에 그저 주의를 기울여 지켜보는 수밖에 없었다.

어느 날인가, 샌드위치를 사서 식탁 위에 두고 잠시 화장실로 향한 사이에 자두는 기어이 일을 저지르고 말았다. 샌드위치 포장에 붙어 있던 투명 테이프를 물어뜯다가 꿀꺽 삼켜 버린 것이다. 테이프는 목구멍에 걸렸고, 자두는 괴로워서 펄쩍펄쩍 날뛰었다. 나는 자두를 끌어안고 테이프를 꺼내려 끙끙댔다. 손가락부터 젓가락까지 온갖 위험한 도구들이 자두의 목구멍으로 드나들었다. 삼십 분을 씨름한 끝에 겨우 테이프를 끄집어낼 수 있었다. 위장으로 넘어갔다면 수술을 하는 수밖에 도리가 없었을 것이다. 내 등짝이 땀으로 흥건히 젖어 들었다.

우리의 진심이 조금은 전해졌는지 자두는 많이 밝아졌다. 요즘은 자존감이 충만해져 혼자서도 잘 놀고 잘 잔다. 이전에는 나만 보면 숨느라 바빴는데, 이제 내가 다가가도 큰 반응을 보이지 않게 되었다. 침대에 누우면 자두가 내 몸을 밟으며 지나다닌다. 나는 기뻐하면서 비명을 지르다가 곧 잠든다. 독립심이 강해진 자두는 이제 처제가 와도 심드렁하다. 처제는 조금 서운한 눈치다.

요즘 자두는 나에게 '무성 야옹'을 잘해 준다. 무성 야옹이라는 것은 소리를 내지 않고 입을 벌려서 우는 시늉만 하는 것인데, 주로 어미에게 하는 행동으로 신뢰하는 집사에게도 하는 녀석들이 있다고 한다. 나는 자두를 키우면서 무성 야옹을 처음 보았다. 자두를 부르면 무성 야옹으로 대답해 주곤 한다. 여전히 겁꾸러기이지만, 조금씩 조금씩 용감해져 가고 있다. 우리가 있으니까 급할 필요는 없을 것이다.

(7) 아직은 두 살
청춘

올겨울 들어 자두가 재채기를 심하게 하기 시작했다. 병원에 데려
갈 채비를 하였으나, 집 안 온도를 높이자 거짓말처럼 나았다. 안심
이 된 아내가 온도를 낮추자 재채기는 다시 시작되었다. 별수 없이 우
리는 절절 끓는 방에서 생활하게 되었다. 내가 '27도'라고 쓰자 아내가
"28도"라고 귀띔해 주었다. 28도로 올려 적자 다시 "사실은 29도일 때
도 있다"고 고백해왔다. 올해 겨울은 유난히 춥다고들 하는데, 나는 반
팔에 반바지를 입고 다닌다.

에너지 낭비가 걱정되기는 하지만 자두의 재채기에 비할 바는 아니
다. 지구와 야옹이들 중에 선택하라면 당연히 야옹이 쪽이다. 지구가
없으면 고양이도 없다고 누군가 말하는 소리가 들린다. 하지만 내게
고양이 없는 세상은 의미가 없기 때문에, 고양이가 없으면 지구가 없
는 것이나 마찬가지다.

복잡하게 생각하지 말자. 고양이는 소중하다. 겨울이 오기 전에 보

일러를 새것으로 바꾸어서 다행이다.

집이 따뜻해지자 아이들은 바닥에 붙어서 지내게끔 되었다. 아이들이 보이지 않아서 찾노라면 식탁이며 장롱 아래에 떡처럼 눌어붙어 있는 것이다. 그 자세로 한 시간이고 두 시간이고 잠들어 있다가 온몸이 따끈따끈해지면 하품을 하며 시원한 곳을 찾아 돌아다닌다. 그리고는 냉탕에서 다시 늘어지게 잠을 잔다. 천국이 따로 없다. 나는 고양이 천국에 꼽사리 껴서 함께 낮잠에 든다. 행복을 다른 데서 찾을 것이 아니다.

자두는 아무래도 아비시니안의 혈통을 물려받은 것 같다고 생각한다. 몸이 날씬하고 팔다리는 길쭉길쭉하다. 어차피 품종묘의 피를 받을 것이었다면 아비시니안이어서 다행스러운 일이다. '품종'으로 일컬어지는 대부분의 아이들이 심한 유전병에 시달린다. 고양이뿐만 아니라 강아지도 그렇다. 아비시니안은 그나마 특질적인 병이 없는 편에 속한다. 지랄묘에 개냥이로 알려져 있기는 하지만, 그거야 뭐 상관없는 일이다.

이런저런 질병을 달고 살았던 앵뽕이에 비하면 자두는 잔병치레가 없는 편이었다. 역시 어미의 젖을 먹고 자란 덕택이 아닐까 생각한다. 어미냥이의 손을 떠난 뒤로도 좋은 음식으로만 골라 먹고 사랑도 듬뿍 받아서 아주 건강한 아이가 되었다. 털만 보아도 알 수 있다. 사람도 몸이 허약하면 머리칼이 푸석거린다. 어린 시절의 앵뽕빠이는 털이 무척 거칠었는데, 자두는 데려올 때부터 노란 털이 반들반들했다.

지나치게 건강한 것이 오히려 문제가 되었다. 노는 것을 좋아했던 자두는 낚싯대를 십여 분쯤 거칠게 쫓아다니다가 숨이 차서 쌔액 쌔액 소리를 내곤 했다. 너무 헐떡거린 탓에 걱정이 되었던 내가 심장병 검사를 해 보자고 주장하였다. 거금이 드는 검사였다. 노룬산 원장님은 괜찮을 거라고 하면서도 딱히 마다하지는 않은 채 검사를 진행해 주었다. 내 몇 달 치 술값이 날아갔고, 자두는 아주 건강했다. 자두의 심장은 성성하게 펄떡거렸다. 자두는 그냥 뛰는 것을 좋아하는 아이였다.

그도 그럴 것이 자두가 뛰어다니면 어찌나 재빠른지 당최 쫓을 수가 없었다. 내 눈에는 무언가 노란 것이 휙휙 날아다니는 것으로만 보였다. 지금은 덩치가 제법 커져서 족제비처럼 날쌔지는 못하지만, 여전히 민첩하게 돌아다닌다. 자두 덕택에 앵이와 뿡이도 많이 활발해졌다. 이제는 중년의 고양이가 되었지만, 나이를 잊어버린 것처럼 자두와 함께 집 안을 뛰어다니며 잡기 놀이를 한다. 세 마리가 한꺼번에 발을 구르면 말발굽 소리 비슷한 것이 난다. 방음이 잘되는 집에 살아서 다행이라 생각한다.

자두는 언니들을 좋아하게 되어서, 언니들이 하는 일은 무엇이든 따라 해 보아야만 하게끔 되었다. 가령 뿡이가 바구니에 들어가 있노라면 자두가 어느새 뒤로 와서 차례를 기다린다. 뿡이가 나가면 얼른 들어가 본다. 다소간 어리둥절한 표정으로, "이게 좋은 건가? 재미있는 건가?" 하는 식으로 온전히 즐기지는 못하는 모양새다. 그러거나 말거나 앵뿡이가 좋아 보이는 것을 하고 나면 자기도 꼭 해 보아야만 직성이 풀린다.

막둥이와 둘째 언니 사이가 으레 그렇듯이, 자두와 앵이는 어딘지 경쟁 관계인 것처럼 보인다. 자두에게 관심을 주고 있노라면 앵이가 도끼눈을 뜨고, 앵이를 만져 주고 있노라면 자두가 예의 슬픈 얼굴을 하고서 쳐다본다. 내가 앵이를 예뻐해 주는 소리가 나면 자두가 득달같이 달려 나와서 참견을 한다. 앵이가 시끄럽게 굴면 쫓아가서 두드려 팬다. 아내는 빤이가 구김살 없이 컸다면 자두처럼 행동했을 것이라고 믿는다.

자두가 빤이 비슷한 짓을 자주 하는 것은 사실이다. 빤이 특유의 자세를 하고서 잠들어 있는 모양새를 보고 있노라면 빤이의 실루엣이 순간 겹쳤다가 사라지곤 한다. 우리를 꾹꾹 밟고 다니거나 잠든 우리 곁에 와서 치대는 것도 빤이와 판박이다. 요즘은 하필이면 끝방에 놓아 둔 빤이 의자에 앉아서 빤이처럼 창밖을 감상한다. 그런 장면을 보면서, 나는 자두가 빤이의 환생이라는 아내의 주장에 조금씩 설득되어 가고 있다.

내가 일찍 잠자리에 들면 자두는 아내 다리에 붙어서 함께 텔레비전을 보다가 잠이 든다. 새벽이 되어 아내가 자두를 깨우면 비척거리며 침대로 가서 자리를 잡는다. 아내는 자두를 사이에 두고 내 곁에 누워 함께 잠을 청한다. 나는 한 번도 본 적이 없는 이 '한밤의 의식'을 아내와 자두는 매일매일 정해진 절차처럼 반복하고 있다고 한다. 그것은 한편으로 녹두 시절의 빤이가 나와 함께 치르던 의식과도 비슷한 행위인 것 같다.

나는 여전히 빤이가 그립다. 그러나 아이들과 함께 살을 맞대고 살아가다 보면 빤이가 떠나갔다는 사실을 문득문득 잊어버리곤 한다. 그런 식으로 빤이의 죽음도 어느 사이엔가 내 삶의 일부가 되어 가고 있는 모양이다.

야옹이와 살아가는 것은 슬픈 일이다. 아이들이 누리는 삶의 속도가 우리의 시간과 다르다는 것은 슬픈 일이다. 그러나 나는 앞으로도 고양이를 사랑할 것이다. 앵이와 뽕이도, 그리고 자두도 언젠가는 나이가 들고 우리 곁을 떠날 것이다. 그러나 아이들이 우리에게 남기고 간 사랑이 있어 세상의 무게가 언제나처럼 똑같지만은 않을 것이다. 그리고 자두는 아직 두 살 청춘이다. 그것은 무척이나 다행스러운 일이라고, 나는 그렇게 생각한다.

사랑하는 빤이에게

빤이야,

뒤늦은 고백이지만, 네가 늘 외로울 수밖에 없었던 건 처음부터 끝까지 아빠 잘못이란다.

아빠는 널 맞아들일 준비가 전혀 되어 있지 않았어. 아빠가 어디선가 주워들은 이야기로는 고양이는 꽁치와 감자를 좋아한다는 것이었는데, 전혀 믿을 만하지 못한 이 정보는 그럼에도 아빠가 너에 대해 아는 전부였어.

조금만 더 일찍 네 눈을 들여다보았다면 그 깊은 눈동자 너머의 조그만 세계가 온전히 아빠에 대한 애정으로 이루어져 있다는 것을 알 수 있었을 텐데. 그러나 아빠를 둘러싸고 있던 것은 너무나도 가파른 세상이어서 너만을 가만히 바라보고 있기에는 두려운 마음을 견딜 수 없었던 모양이야.

지옥이란 본시 혼자 만들어 가는 법이어서 이 모든 것이 변명임을 아빠도 잘 알아. 그래도 너는 내색하지 않고 언제나 변함없이 아빠를 사랑해 주었지.

엄마가 그 지옥에서 아빠를 꺼내 주었을 때 아빠는 비로소 너에게 눈을 돌렸지. 그리고 너의 사랑이 실상은 가득 찬 슬픔이라는 것을 알아차렸지만, 너에게 용서를 구하기에는 이미 너무나도 긴 시간이 흘러 버린 뒤였어.

그 이후로 얻은 아빠의 행복은 네가 매일 밤 아빠를 기다리며 너에게 사무쳤던 그리움으로 사들인 것인 마냥 조금은 부드럽고 다소간은 아프기도 한 그런 것이었다.

후회는 아무리 빨라도 늦은 것. 마치 아무 일도 없었던 양 내 품으로 안겨드는 너의 숨결을 그저 먹먹히 가슴에 묻을 수 있을 뿐.

빤이야, 너는 정말로 조용히 또 가만히, 아빠를 그리며 또 기다리며, 전혀 강요하지도 애걸하지도 않은 채 흩날리는 벚꽃처럼 사뿐히도 아빠에게 내려앉았다. 그렇게 아빠가 널 만나는 데 십 년이 걸렸다. 하지만 시작한 삶이란 어디선가 멈춰 서는 법이어서 미처 널 안아 보기도 전에 보낼 수밖에 없는 모양이다.

언제나처럼 너의 시간은 그리도 외롭게 가는구나. 바보 같은 아빠는 널 사랑한다는 걸 이제야 알았단다.

언젠가 만나겠지.

언젠가 만나겠지.

부디 행복하렴. 좁고 어두운 방에서 너 혼자 꾸었던 많은 꿈, 그날이 오면 우리 함께 하자꾸나.

안녕, 빤이야. 안녕.

우리는 모두 관계를 맺으며 살아가니까

1.

뒤늦은 머리말을 씁니다.

본래 이 글은 출간할 목적으로 쓴 것이 아닙니다. 첫 번째 반려묘인 빤이의 죽음을 기리기 위한 비망록에 가까웠습니다. 우리 가족, 정확히는 아내와 처제가 글과 함께 울고 웃으며 지난 추억을 공유했습니다. 이 글은 우리 세 사람의 깊은 상실감을 달래 주는 데 큰 공헌을 하였습니다.

보여 주려는 글이 아니었기 때문에 책으로 내기까지 어려움이 많았습니다. 한국문화예술위원회의 출판 지원 사업에 선정되지 않았더라면 이 글은 끝내 사적인 기록으로 명을 다했을지도 모릅니다. 어떤 식으로든 이 글이 세상으로 나올 수 있게 되어서 다행이라 생각합니다.

사람도 살기 어려운 마당에 또 고양이냐고 불평하는 사람이 있을지도 모르겠습니다. 그러나 이것은 본질적으로 관계맺음에 대한 이야기입니다. 관계를 맺는다는 것은 세간의 유행과는 상관없는 일이기 때문에 어딘가에는 이런 이야기를 필요로 하는 사람이 분명 있을 것이라 생각합니다.

원고를 꺼내어 기록을 살펴보니 마지막 작성 시점이 2020년 10월로 되어 있습니다. 책으로 내기까지 꼬박 두 해를 채운 셈입니다.

그동안 우리 가족에게는 몇 가지 큰 사건이 있었습니다. 저는 수필가였다가 교수였다가 영세업체의 사장이 되었습니다. 아내는 스스로를 위한 글을 쓰기 시작했습니다. 처제에게는 새로운 가족이 생겼습니다. 우리 부부는 이층집으로 이사를 했고 새로운 일을 시작했습니다.

도움을 주려던 이들에게 화를 입는 일도 있었습니다. 개중에는 아직 잡히지 않은 불씨도 있습니다. 문콕을 두 번 당했고, 어디서도 이유를 찾을 수 없는 욕지거리를 세 번 먹었습니다.

이 모든 변화 속에서도 고양이들은 충실하고 묵묵하게 자기 자리를 지켰습니다. 우리는 고양이들을 구심점으로 삼아 어려운 시기를 잘 빠져나올 수 있었습니다. 사람이 상처를 주면 고양이가 치유해 주었습니다. 어디서나 사람이 제일 무서운 듯합니다. 고양이는 눈치 없이 길거리를 배회할지언정 친구를 배신하지는 않습니다. 절대로, 그런 일은 없습니다.

빤이에 대한 기록은 여전히 우리 셋을 눈물짓게 합니다. 그러나 적어도 제 눈물은 이전보다 투명하고 부드러워졌습니다. 전에는 독한 산 ▓처럼 심장을 후벼 파더니 이제는 오히려 따뜻하게 상처를 어루만져 주고 있습니다. 그런 식으로 저는 조금씩 오늘을 향해 돌아오고 있습니다.

2.

그동안 아이들을 돌보아 주신 수의사 선생님들께 연락을 드리고 실명 사용에 대한 양해를 구했습니다. 모두 아이들의 기억 속 한 조각이 될 수 있음을 기뻐하시며 흔쾌히 허락해 주셨습니다.

이 자리를 빌려 〈날으는동물병원〉 안홍재 원장님, 〈로얄동물메디컬센터〉 이재희 원장님, 〈노룬산동물병원〉 노용우 원장님께 감사의 인사를 드립니다. 제가 아이들을 추억하며 이 글을 쓸 수 있게 된 것은 모두 고양이를 무한히 아끼고 진심 어린 사랑으로 보살펴 주신 수의사 선생님들의 전문적이고 능숙한 진료 덕분입니다.

저를 처음 고양이와 연을 맺게 해 주신 〈서울 S 동물병원(가명)〉 K 원장님께도 감사드립니다. K 원장님께는 연락드릴 방도가 없어 따로 양해 말씀을 드리지 못했습니다. K 원장님은 이전부터 고양이 전문가로 명망 높으셨던 분입니다. 이 글을 보면 누구보다 기뻐하시리라는 생각이 들어 그저 가슴이 먹먹할 따름입니다. 외국에서도 늘 건강하고 행복하시기를 기원합니다.

글에 등장하는 선생님들의 칭호 사용을 두고 아내와 몇 번의 의견 충돌이 있었습니다. 왜 누구는 "원장"이고 누구는 "원장님"이며, 또 누구는 이도 저도 아닌 "선생"이냐는 것이 아내의 지적이었습니다. 백번 맞는 말이라 생각합니다. "원장님" 대신 "원장"으로 칭해지는 분은 기분이 나쁘실 것입니다.

그러나 저는 결국 이 지점을 수정하지 못했습니다. 그 단순한 호칭의 변화가 문장의 인상을 너무나도 크게 흔들어 놓았기 때문입니다. 그것이 제가 선생님들과 관계를 맺는 한 방식이었기 때문이라 생각합니다. 글에서의 칭호는 제가 선생님들과 관계를 맺던 그 당시의 맥락을 보여 줍니다. 당연한 말이지만 제 입장에서 선생님들은 모두 훌륭하고 존경스러운 분들입니다.

이 글에서 안홍재 원장님은 "안홍재 선생" 내지는 "안 선생"으로 호칭됩니다. 이것은 모교 커뮤니티를 통해 동문으로서 인연을 맺게 된 안홍재 원장님에 대한 일종의 친근감의 표시였습니다. 제가 아내에게 "안 선생"으로 칭하기 시작했는데, 아내도 이를 따라 하기 시작하여 안홍재 원장님은 줄곧 "안 선생"으로 불리게 되었습니다. 이 글에서는 가장 지위(?)가 낮아 보인다고나 할까요. 아무튼 죄송스러운 마음은 있습니다. 그래도 안홍재 원장님은 앞으로도 여전히 우리 부부에게 친근한 "안 선생"으로 남을 것 같습니다.

이재희 원장님을 처음 뵐 때 우리 부부의 신경은 무척 날카로워져 있었습니다. 고양이가 아프다는 사실의 의미를 주변의 어느 누구도 이해해 주지 못하여 사람을 믿을 수 없는 지경까지 이르렀던 것입니다. 우리는 언제부터인가 사람을 사무적으로 대하기 시작했고, 이재희 원장님도 예외는 아니었습니다. 이재희 원장님은 우리 부부 사이에서 "이재희 원장"으로 명명되었습니다.

호칭이란 참 묘한 것이어서, 한 번 사용하기 시작하면 어느새 사람의 이미지까지도 그런 식으로 굳어져 버립니다. 이재희 원장님의 진심 어린 모습을 확인하고 나서도 자꾸만 첫인상으로 회귀하게 되는 것이었습니다. 저는 몇 번인가 아내에게 "이재희 원장님"이라 말해 보았으나, 영 어색하여 결국은 "이재희 원장"으로 부르게끔 되었습니다. 전심전력을 다하여 빤이를 돌보아 주시던 모습을 생각하면 역시나 죄송스러워집니다. 이재희 원장님은 우리 부부의 슬픔에 진심으로 공감해 주셨던 분입니다.

K 원장님께 빤이를 받아 안았을 때 저는 어렸고, 모교에 출강하는 선배이신 K 원장님은 무척이나 높아 보였습니다. 사실은 그렇게까지 연세가 많지 않은데도, K 원장님은 저에게 아버지처럼 느껴지기도 합니다. 사실 빤이에게는 진짜 아버지 같은 분이기도 합니다. 빤이를 구

조해 주신 분이니까요. 어쩐지 K 원장님께는 성함을 붙이는 것조차 조심스러워 추상화·일반화된 "원장님"으로 기억 속에 남아 있습니다.

노용우 원장님은 호칭의 관점에서는 우리에게 다소 특별한 분입니다. 원장님의 성함을 오랫동안 알지 못했던 우리 부부는 한동안 원장님을 제대로 호칭하지 못하고 두리번거렸습니다. 애초 아내가 들고 온 칭호는 "노른산 아저씨"였는데, 그것이 순화되어 노용우 원장님은 "노른산 원장님"이 되었습니다. K 원장님을 제외한다면 이 글에서 제대로 된 이름이 나오지 않는 유일한 인물입니다. 성함을 붙이지도 않는데 '님'까지 빼기는 좀 그랬던 결과라고나 할까요.

아내는 장인어른이 운영하시는, 작지만 따뜻하고 믿음직한 병원이 연상되어 "아저씨"가 된 것 같다고 말하고 있습니다. 꽤 구차한 변명이라 생각합니다. 그러나 노용우 원장님은 실제로 아주 경험이 풍부하고 믿음직한 분입니다. 아이들의 주치의로 "노른산 아저씨"를 포기할 수 없었던 아내는 할 수 없이 다른 동네로 이사 가는 것을 포기하였습니다.

일반적인 예절의 관점에서 생각하자면 모든 분을 "원장님"이나 "선생님"으로 통일하는 것이 옳을 것입니다. 하지만 우리가 만나는 사람들은 기억 속에서 모두 다채로운 방식으로 형상화되어 있고, 저는 그 주관적이고 사적인 이미지를 여과 없이 전달하고 싶었습니다.

이것은 지위의 고하나 거리감의 유무를 나타내는 방식은 전혀 아닙니다. 어차피 공적인 자리에서는 가장 점잖은 호칭을 상대에게 부여합니다. 제 전화번호부에도 수의사 선생님들은 일률적으로 "원장님"으로 저장되어 있습니다. 그러나 이는 형식적인 행위일 뿐 상대와의 실제 관계는 기억 속 형상화된 이미지를 따라 만들어진다는 점을 저는 이야기하고 싶은 것입니다.

물론 그것을 끄집어내어 상대에게 보여 주는 것은 전혀 다른 문제이기는 합니다. 이것은 관계라는 테니스 경기에서 새로운 공을 꺼내어 상대방에게 보내는 것과도 같습니다. 그래서 이제 선생님들은 이것을 받아쳐야 하는 곤란한 처지에 놓이시게 된 것도 사실입니다. 그러나 저는 그것도 그 나름대로 좋은 일이라고 생각합니다.

고양이와 연을 맺지 않았다면 저는 이런 생각을 전혀 하지 않은 채로 살아가고 있었을지도 모릅니다. 아니, 틀림없이 그랬을 것입니다. 사람과의 관계란 속내를 숨기고 차림새만 내보이는 것이 분명 편하기 때문입니다. 그러나 고양이와의 관계에서는 그런 것이 통하지 않습니다. 사실 이것은 고양이가 말을 할 수 없는 데서 비롯된 부수적인 효과인지도 모르겠습니다. 그러나 고양이와 그런 관계를 맺을 수 있다면 제 주변의 사람들과는 왜 그렇게 할 수 없는 것일까요?

3.

저는 이 글 전체를 통하여 "누군가와 관계를 맺고 살아간다는 것"의 의미를 전달하고 싶었습니다. 그 누군가가 고양이이든, 수의사 선생님이든, 또는 전혀 다른 어떤 생명체이든 말입니다. 우리는 모두 일생에 걸쳐 수많은 관계를 맺으며 살아가고, 어쩌면 그것이야말로 '삶'이라는 덩어리의 본질일지도 모릅니다. 제 삶을 구성하는 모든 고양이와 수의사 선생님, 또 그 밖의 많은 이들에게 다시금 감사의 인사를 전합니다.

이 글의 시작과 끝에 늘 함께 있었던 아내에게도 무한한 감사와 사랑을 전합니다. 아내의 격려가 없었더라면 이 글은 시작조차 되지 않았을 것이고, 세상의 빛을 볼 수도 없었을 것입니다. 기쁠 때나 슬플 때나 힘겨울 때나 아내는 한결같이 제 곁에서 힘이 되어 주었습니다. 아내는 제 삶에서 가장 큰 부분을 차지하는 덩어리이고, 앞으로도 그러할 것입니다. 우리 집 고양이들과 떼려야 뗄 수 없는 처제 역시 그 덩어리의 일부를 차지하고 있습니다. 처제는 아내의 삶을 온전히 완성해 주는 덩어리이고, 따라서 제게도 꼭 필요한 덩어리입니다.

상술했듯 이 글이 세상의 빛을 볼 수 있게 되는 데 가장 실질적이고 현실적인 도움이 된 것은 한국문화예술위원회에서 지원해 주신 청년예술가생애첫지원 사업 보조금입니다. 마지막까지 출판사를 정하지 못해 많은 분께 폐를 끼쳤습니다. 특히 사업의 처음부터 끝까지 온갖

번거로운 업무를 도맡아 주셨던 예술인력양성부의 강보경 대리님과 신다영 대리님께 무한한 감사를 드립니다.

제 졸고를 멋진 책으로 완성해 주신 좋은땅 출판사 담당자들께도 감사드립니다. 제가 제시한 어처구니없는 마감 일정을 탓하지 않고 복잡한 업무를 조율해 주신 매니저님, 교정팀, 디자인팀, 그 밖의 관련된 모든 분께 감사의 인사를 올립니다.

끝으로 언제나 제 영혼의 울타리가 되어 주었던 친구 박태환 군과 이태영 군에게 감사를 보냅니다. 나약했던 20대의 제가 어떻게든 삶을 부여잡을 수 있었던 데는 절반이 빤이에게, 나머지 절반이 이들에게 그 공로가 있습니다.

2022년 11월

최은광 드림

야옹이랑 사는 건 너무 슬퍼

ⓒ 최은광, 2022

초판 1쇄 발행 2022년 12월 12일

지은이   최은광
펴낸이   이기봉
편집   좋은땅 편집팀
펴낸곳   도서출판 좋은땅
주소   서울특별시 마포구 양화로12길 26 지월드빌딩 (서교동 395-7)
전화   02)374-8616~7
팩스   02)374-8614
이메일   gworldbook@naver.com
홈페이지   www.g-world.co.kr

ISBN   979-11-388-1480-5 (03810)